現代作家アーカイヴ 1

自身の創作活動を語る

平野啓一郎　飯田橋文学会［編］

高橋源一郎

古井由吉

瀬戸内寂聴

東京大学出版会

Archives of Contemporary Japanese Writers 1:
Literary Careers in Their Own Words
Gen'ichiro TAKAHASHI, Yoshikichi FURUI and Jakucho SETOUCHI
Keiichiro HIRANO and Iidabashi Literary Club, editors
University of Tokyo Press, 2017
ISBN 978-4-13-083067-6

はじめに

本書は、飯田橋文学会が、東京大学附属図書館、ＵＴＣＰ〈東京大学大学院総合文化研究科附属 共生のための国際哲学研究センター〉との共同企画として立ち上げたインタヴュー・シリーズ〈現代作家アーカイヴ〉を活字化したものです。

飯田橋文学会とは、私も参加している小説家や詩人、翻訳家、文学研究者、……などのゆるやかな集いの場です。特に何らかの主張を掲げるものではなく、定期的に会って歓談することが目的の大半ですが、折々、対外的な活動も行っています。

〈現代作家アーカイヴ〉は、その中でも特に力を入れて継続的に取り組んでいるプロジェクトです。現在、活躍中の作家に公開インタヴューを行い、それを映像記録として残してゆくというのがその趣旨で、本書には、第一回目の高橋源一郎氏、第二回目の古井由吉氏、第三回目の瀬戸内寂聴氏の各インタヴューが収録されています。

「小説の言葉」というものがある一方で、肉声とともに、様々な表情と仕草を伴って語られる「小説家の言葉」というものがあります。「詩の言葉」がある一方で、「詩人の言葉」があります。それを何とか記録として残しておけないか、という思いが、この企画の発端でした。

加えて、今日のメディア環境においては、作家が、映像としてネット上にも存在していることの意味は、ますます大きくなっています。様々な動画の断片が既に散在しています。しかし、ミュージアムのように、個々の作家の言葉を一箇所に囲うことで保存性を高め、長い時間をかけて、より多くの人に公開してゆく、というのが、このプロジェクトの狙いです。

もう一つの動機は、作家がデビュー以来、今日に至るまでの創作活動の全体について、じっくりと語る場を設けたいというものでした。

個別には、文芸誌などでそういうインタヴューの機会もありますが、どちらかというと特定のテーマだとか、新刊についてだとか、より限定的な内容の方が多く、またシリーズ化されたアーカイヴとはなっていません。他方、テレビやラジオの番組では、どうしても内容的、時間的な制約があります。

常々思うことですが、私たちが古典的な作家の作品を楽しめるのは、一つに文学史が、彼らの創作の歴史を、ある程度、順序立てて整理してくれているからです。私たちは、谷崎潤一郎の創作活動について、『刺青』のような倒錯的な欲望を主題とするありとあらゆる珍奇な短篇群に始まり、中期の『痴人の愛』や『蓼食う虫』といった豊かな長篇期を迎え、やがて日本の古典へと傾斜し、老境の性を描く最晩年を迎える、……といった、ある程度の発展の歴史を知っており、その上で、彼の傑作も駄作も読んでいます。

ところが、現代作家は、個々の作品がかなり行き当たりばったりに読まれていて、読者はその創作の全体像を、流れとしてなかなか掴めていません。結果、せっかくとある作家の名前を知っても、まず何から読むべきかわからず、次に何を読むべきかわからず、更に読んだものが、その作家のどういう時期に、どういう事情で書かれたのかがわからないという状況となっています。

そこで、本企画では、原則としてインタヴューを受ける作家に、事前に三作、代表作を選んでもらい、それを柱としながら、自身の創作の歴史について語ってもらうことにしました。また、会場では、その一部分の朗読もお願いしています。長年の愛読者にとっては、その作家が自作の特にどれを重視しているのかを知る絶好の機会であり、また、何から読むべきかを迷っている初心者は、まずはその三作のどれかから手を着ければ間違いがないでしょう。

各々の作家には、膨大な著作があり、本来であれば、とても三作など選びようがないはずですが、五作、十作となると、インタヴュー自体も長大になりますし、また初心者は結局選びきれずに、どれにも手が伸びないという懸念があります。

このインタヴューのフォーマットは、これまでのところ、非常にうまく機能しているように見えます。私たちは作家を対象にインタヴューを行っていますが、これは、思想家であれ、理系の研究者であれ、音楽家であれ、代表的な著書、研究、作品などを三つ選んで、キャリアの全般に亘って話を聞くという形で応用可能でしょう。

ゲストの作家に、飽くまで自身のことについて存分に語ってもらうために、インタヴュアーは、原則的に研究者が務めています。当然、事前にその三作のみならず、創作活動の全般について知っておく必要があり、一人では限界があるため、その都度、適任者が担当しています。インタヴュアーにとっても、こうした作家との対話は、得がたい貴重な機会であり、将来的に豊かな財産となることは間違いありません。

聴講者は東京大学の学生を中心に募集していますが、毎回、即座に定員に達する人気企画となりました。特に大学生向けに、事前に読書会を開いて準備を行っていますので、質疑応答では積極的なやりとりが交わされています。

こうした経緯で始まった〈現代作家アーカイヴ〉が、活字化されるというのは、当初の意図からは逸脱しているようにも見えます。しかし、聴講者からの要望も多く、また、重要な証言は、様々な場所で引用される可能性があり、併せて書籍の形でもアーカイヴ化されるというのは、望ましいことです。

本書に収録された三人のインタヴューについては、本文並びにそれぞれのインタヴュアーの「インタヴューを終えて」を読んでいただくのが一番ですので、ここでは簡単な紹介に留めておきます。

第一回目のインタヴューのゲストは、高橋源一郎さんで、二〇一五年二月一八日に東京大学本郷キャンパスの福武ホールで行われました。インタヴュアーは、東京大学の武田将明准教授です。

日本の現代文学を語る上で、高橋さんの重要さは論を俟ちませんが、本企画の意図を十分に汲んでくださり、理想的な最高の船出となりました。また、その朗読の素晴らしさも感動的で、大変な評判となりました。

第二回目のゲストは古井由吉さんで、二〇一五年五月二八日に東京大学附属図書館洋書閲覧室で行われました。インタヴュアーは東京大学の阿部公彦准教授。

日本の現代文学の最高峰として誰もが尊敬する古井さんですが、私自身も、古井さんとの会話を通じて学んだことは計り知れず、「小説の言葉」だけでなく、「小説家の言葉」にも耳を傾けるべきだという私の主張は、古井さんのこのインタヴューを読んでいただくだけで、十分に理解されることと思います。

第三回目のゲストは瀬戸内寂聴さん。二〇一五年八月二九日に、京都造形芸術大学映像ホールで行われました。インタヴュアーは、例外的に私が務めました。ただ、作家同士の対談とはならぬよう、質問者に徹したつもりです。

このインタヴューについては、「インタヴューを終えて」に詳しく書きましたので、そちらをご覧下さい。

各インタヴューには、それぞれの作家の関連年譜、著作目録も付されています。また、動画視聴のための情報※も掲載されていますので、併せて是非、お楽しみください。

本企画にご協力くださった高橋さん、古井さん、瀬戸内さんにこの場を借りて改めてお礼申し上げます。ありがとうございました。

二〇一七年九月

平野啓一郎

※インタヴュー動画は、飯田橋文学会サイト（iibungaku.com）、またはnoteの飯田橋文学会サイト（https://note.mu/iibungaku）よりご覧いただけます（一部有料）。

目次

何を書いてきたかって、愛と情熱じゃないかしら

詩が書けないっていうのが、小説を書く動因の一つです

高橋源一郎

✷

『さようなら、ギャングたち』
(1981)

『日本文学盛衰史』
(2001)

『さよならクリストファー・ロビン』
(2012)

［聞き手］
武田将明

高橋源一郎

✷

Takahashi Gen'ichiro

一九五一年、広島県生まれ。明治学院大学教授。八一年『さようなら、ギャングたち』で群像新人長編小説賞優秀作、八八年『優雅で感傷的な日本野球』で三島由紀夫賞、二〇〇二年『日本文学盛衰史』で伊藤整文学賞、一二年『さよならクリストファー・ロビン』で谷崎潤一郎賞を受賞。小説に『虹の彼方に』『ゴーストバスターズ』『ミヤザワケンジ・グレーテストヒッツ』『「悪」と戦う』『銀河鉄道の彼方に』など、評論・随筆に『ぼくがしまうま語をしゃべった頃』『ニッポンの小説』『ぼくらの民主主義なんだぜ』など、訳書にJ・マキナニー『ブライト・ライツ、ビッグ・シティ』などがある。

大切なことを言うときの「いやな感じ」

武田　この〈現代作家アーカイヴ〉という企画は、高橋源一郎さんをはじめ現代の作家の方に、ご自身の作家活動を振り返っていただいて、これまであまり日本の現代文学になじみのなかった人たちにも親しんでもらえるような記録を目指しています。

高橋　何でも聞いてください。なぜ結婚を何回もするか、とか（笑）。

武田　いやいや（笑）。今回は、『さようなら、ギャングたち』、『日本文学盛衰史』、それから『さよならクリストファー・ロビン』という三冊の作品を中心にお話を伺っていきたいと思います。

まずデビューまでの経緯をお伺いします。一九六九年に灘高校を卒業されましたが、この年はいわゆる東大紛争によって東大入試が中止されました。高橋さんは横浜国立大学経済学部に入学し、入学後は学生運動に参加されて、いろいろとあったのち、拘置所に拘留されます。その間、一種の失語状態になってしまわれたそうですけれども、それはどのような状況だったのでしょうか。話したり書いたりすることが一切できなくなったのでしょうか。

高橋　そのことは僕も何度か書いたり言ったりしています。その部分に限って言うと、六九年から七〇年にかけて何回か逮捕されまして、最後に逮捕されたのが六九年の一一月。それから七〇年の八月まで、留置場と少年鑑別所と拘置所に入っていました。最後の半年間が東京拘置所でした。拘置所というのは、待遇が悪くないんです。本が読めるしね。よくうちのゼミ生に、「本当に本を読みたかったら、一回捕まった方がいい」って言うぐらいです。

他にすることがないので、ずっと読書していられるのですが、ただ一つ問題があって、面会が一日に一人なんですね。とすると、その日、誰かと面会すると、次に来た人には会えない。これはいまも変わっていないらしいです。

最初の頃は、面会に何人か来ていましたが、だんだん来なくなるんですね。最後の四、五カ月くらいは、当時のガールフレンドだけが、橋本というところから池袋まで、片道三時間かけて来てくれていた。泣ける話ですけど。その彼女との面会時間も五分なんですよ。二重の網を通して、何か喋ろうと思うんだけど五分でしょう。だんだんね、会って喋るのがつらくなってきた。言うこともない。僕の状況は変わらないし、そのうちに彼女が面会に来るのかと思うと、重い気分になってくる。話題がなくてね。無理やり「元気?」とか「調子はどう?」とか。そう言われても、「捕まっています」としか言いようがない。「昨日、『資本論』の第二巻を読み終わったところさ」とかね。そんなつまんない話題しかないんですね。そうしているうちに、彼女と喋るのが何か苦痛になってきて、「今週は行けない」とかいう手紙が来ると、ほっとするようになっていって。結局、八月に釈放されて彼女に会いに行ったら、「別れたい」と言われるという悲惨な話が続くんですけれど。

それで、出所した後、日常生活で普通に喋るには問題ないんです。ただ、何か大切なことを言おうとすると、すごく緊張して言えなくなるという状態が数カ月続いたんですね。七〇年の終わりぐらいまで。それは一種の拘禁性ノイローゼからくる症状で、「なくなるよ」って言われたんですけれど。それ以降、いまでもなんですけど、大切なことを言おうとすると「いやだな」と思う。いまだに拘禁性ノイローゼだということです。

でも、その大切なことを言おうとすると、とりあえずためらうというのが、もしかすると僕が作家に進んだ動因の一つになったのかもしれない、客観的に見るとね。まあ、「よかったね」とは言えないですけど。その濃厚な感じ。本当のこと、大切なこと、重大なこと、決定的なことを考えて言おうとするとき、また書こうとするときも同じですね。すると、やっぱり何か「いやだな」という感じがする。なかなか説明しにくいです。それは高見順が言う「いやな感じ」[*1]。状況がどうというよりも、自分のなかから起きるもので、どうでもいいことを書いているときは起きないですが、決定的なところにいくと「いやな感じ」。

武田 「いやな感じ」という言葉、たしか『さようなら、ギャングたち』でも、最後の方で主人公が「いやな感じがするな」と繰り返す場面がありましたね。

高橋 そうですね。だから、「自分のなかで起きている言葉というのは借り物だ、自分の言

＊1　**高見順が言う「いやな感じ」**　高見順の代表作の一つ、『いやな感じ』（一九六三年）にちなんだ表現。

詩人の「わたし」と恋人の「S・B（ソング・ブック）」と猫の「ヘンリー4世」が営む超現実的な愛の生活を独創的な文体で描く。発表時、吉本隆明が「現在までのところポップ文学の最高の作品だと思う。村上春樹があり糸井重里があり、村上龍があり、それ以前には筒井康隆があり栗本薫がありというような優れた達成が無意識に踏まえられてはじめて出てきたものだ」と絶賛した高橋源一郎のデビュー作。（本書紹介より）

『さようなら、ギャングたち』
（講談社、一九八二年／講談社文芸文庫、八七年）

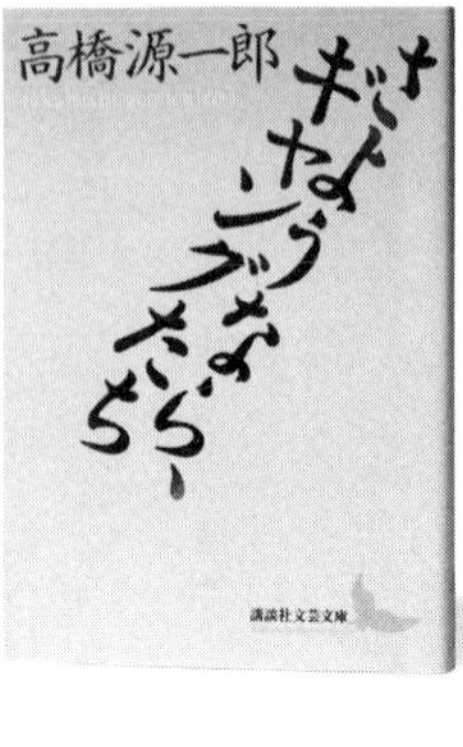

葉なんてない」と言ってしまえば、それはそれで単純なんですけど。それでも、いろいろな言葉のなかで、これはちょっと自分の言葉かなと思うのは、割とぴったりその感じが出てくる。もう三十数年になるんですけど、よい感じで「いやな感じ」というのは残っていますね。

六〇年代半ばの映画、文学、音楽

武田　さらに、デビューするまでの経緯を、既存の年譜を参照して簡単に説明しますと、一九七九年頃からふたたび文章を書けるようになって、八一年に「すばらしい日本の戦争」という題の小説で群像新人文学賞の最終候補になるも、このときは受賞を逃しています。しかし、群像新人文学賞は『群像』六月号で発表されますが、当時の『群像』は同じ年にもう一度、群像新人長編小説賞も実施していて、そちらに「さようなら、ギャングたち」を応募し、優秀作に選ばれています。

このようにしてデビューされたわけですが、ひとつ私が気になるのは、なぜ小説という分野を選ばれたのかな、という点です。評論もたくさんお書きになっていますし、現代詩に対しても深い関心を持っておられる高橋さんの場合、ほかの選択肢もあったのではないですか?

高橋 これはたぶん、いまの若い世代の人たちには感じにくいかもしれないんですけども、僕は一九五一年生まれなので、六〇年代半ばが十代ですね。その頃、若い文学の愛好者が何に惹かれたかというと、とりあえず日本の現代文学ではなかったんですね。いまのようにインターネットもないし、どんどん情報が入ってくるわけでもない。これは僕、割とはっきりと覚えているんですけれど、まず映画、それから言葉でいうと現代詩、音楽だとジャズとロックですね。音楽はラジオだったりレコードだったり、限られたところから輸入してくることが多かったですね。

小説で言えば、外国文学。それもどちらかというと現代フランス文学ですね。だから、六五年に新潮社から『現代フランス文学13人集』[*2]というのが出ました。その辺から『カミュ

＊2 『現代フランス文学13人集』 カミュ、ソレルス、イヨネスコなどの作品を収めた全四巻。

の手帖』[*3]とかね。もちろんそのなかで、大江健三郎さんの小説とかも読むんですが、どちらかというとそれらはマイナーで、アラン・ロブ＝グリエ[*4]とかナタリー・サロート[*5]とかクロード・シモン[*6]とか、現代フランス文学を翻訳で読む。

映画もいろんな作品が入ってきたんですけど、やっぱりフランスの文化のヌーヴェルヴァーグ、つまりゴダール[*7]とかトリュフォー[*8]の影響が圧倒的に強かった。それでヌーヴェルヴァーグの映画を見る。それから現代詩を読む。ジャズはコルトレーン[*9]を聴くという。

単純といえば単純で、でもそういう共通の文化みたいなものが、どこでもあった。僕は大阪で育って、東京に行って大学に入ったら、やっぱり文学好きな人は、みんなゴダールを見て、コルトレーンを聴いて、カミュを読んでいるっていうふうな感じだった。なので、その影響というのはずっとあって、日本の小説を中心に読むとか、真剣に読むということではなかった。

三十歳近くで小説につかまれる

一つ言うと、日本文学のなかで一番は詩と批評ですね。小林秀雄とか、もっと若いと吉本隆明とか江藤淳とか、そういう人たちの詩や評論を読むことの方が、意味があることだった。小説、つまり純文学というのは、当時、どちらかというとエンターテイメントみたいな感じがあったと思うんです。

どういうことかというと、僕のなかでは、詩を書くとか映画を作るというなら話はわかるけど、小説を書くとは思っていなかった。僕の周りでそういう活動をしてきた同じ世代も、まず詩を書く、批評を書く。それで小説を書こうという人はあまりいなかった。逆に変わり者みたいな感じ。それが六〇年代の終わりぐらいです。それから僕は肉体労働をやって、ふと気がついたら三十歳近くになっているんですね。「あ、やばい」と。

でもね、これはよく言うんですけど、僕、十九歳から鎌倉で肉体労働を始めて、三十一

＊3　**『カミュの手帖』**　フランスの小説家アルベール・カミュ（一九一三 - 六〇年）の作品集。新潮社から刊行。

＊4　**アラン・ロブ＝グリエ**　一九二二 - 二〇〇八年。フランスの小説家、映画監督。小説に『消しゴム』、『迷路のなかで』など。

＊5　**ナタリー・サロート**　一九〇〇 - 九九年。フランスの小説家、劇作家。小説に『トロピムス』、『生と死の間』など。

＊6　**クロード・シモン**　一九一三 - 二〇〇五年。フランスの小説家。八五年にノーベル文学賞を受賞。小説に『風』、『フランドルへの道』など。

＊7　**ゴダール**　ジャン＝リュック・ゴダール。一九三〇年 - 。フランス・スイスの映画監督。作品に『勝手にしやがれ』、『気狂いピエロ』など。

＊8　**トリュフォー**　フランソワ・ロラン・トリュフォー。一九三二 - 八四年。フランスの映画監督。作品に『大人は判ってくれない』、『アメリカの夜』など。

＊9　**コルトレーン**　ジョン・コルトレーン。一九二六 - 六七年。アメリカのモダンジャズのサックス奏者。代表的なアルバムに『ブルー・トレイン』、『ジャイアント・ステップス』など。

歳までやっているんですけど、すごく楽しくてですね、死ぬまでやっていようと思ったんですよ、本当に。でも、二十代後半にぎっくり腰になって、やっぱり肉体は弱るものだとわかった。そのときに、自分は何をやろうと思っていたんだっけ、と。そこで思ったのは、書きたい。じゃあ、何を書くか。最初に思ったのは詩だったんですね。でも、自分は詩が書けない。

では批評家はどうかと思って、批評は二十歳ぐらいで書いていて。でもそのとき、批評も魅力がなくて。いまからだと理由を言えるのですが、当時は三十歳近くなって「これから自分が死ぬまでどうする？」と考えたとき、表現としてかつてはそんなに大したものと思っていなかった小説がせり上がってきた。

小説につかまれた。それは誰の、どんな小説かっていうのは、いまではちょっとよくわからないんですけど、「あ、小説書きたいな」と思ったのがたぶん七八年ぐらいですね。つまり、十二年前に最高の表現だと思っていたものを書けばいい。でも、それは小説じゃなかったんです。だから、詩や映画で実現されていたものを小説にすればいいんじゃないかと思ったのが、たぶん七八年の終わりか七九年の初め。

七八年ぐらいから、一つ小説を書いている。これは人に見せられないような悲惨な、とりあえず長編を書いてみたというもの。これを群像新人長編小説賞に応募するために、横浜中央郵便局に行った。六百枚。出した瞬間に恥ずかしさがこみ上げて、「ひどいの書いたなあ」と。青春政治小説です。柴田翔の劣化版みたいなのを書いて、もういたたまれなくなった。つまり、自分のなかにあった表現の基準は、詩だったり、映画だったりしたわけだけれども、あれと全然違うじゃないかと、そのときに思った。

それで群像新人文学賞で八一年に落ちる。そのときのタイトルは「すばらしい日本の戦争」で、最終的には『ジョン・レノン対火星人』になる作品のもとになるものを七九年に書いているんです。それが非常にゴダールに似ている。断片的で、引用が多くて、詩的な言葉に満ちていて、こういうのを書いている奴は誰もいないだろうと思って、最初は書き出したんです。

ところが、『群像』に出そうと思ってたまたま七九年の六月号をめくったら、その年に群像新人文学賞をとった村上春樹さんの『風の歌を聴け』があって、これが断片的な小説だったんですね。一人でやっていると思ったら、断片的に詩的な言葉を使うことをやっている人がいたというのがすごいショックでした。しかも、僕はフランスから攻めていった

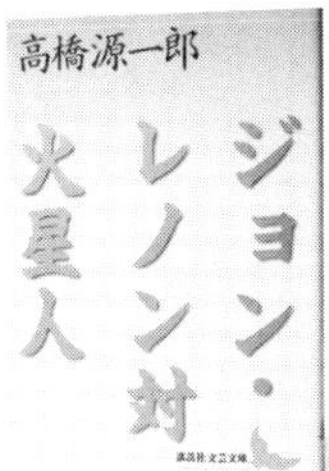

『ジョン・レノン対火星人』
（角川書店、一九八三年／講談社文芸文庫、八七年）

ときに、向こうはアメリカから攻めてきた（笑）。

僕は『風の歌を聴け』を発売日に買いに行ったんです。その時点で、あの小説を一ページしか読んでいないんですから。これは僕が先にやる予定だったのに、と（笑）。しかも、僕が書いていた小説はゴダール的にごちゃごちゃになっていたわけだけれども、向こうは同じやり方でもう少し違ってエレガントだったんで、かなり衝撃的で、三日ぐらい立ち直れなかったんです。

でも気を取り直して一つ書いて、それはあまり上手くいかなかった。二つ目に書いたのが『ジョン・レノン対火星人』なんですけれども。ですから、当時は誰も思ってくれませんでしたが、ほとんどゴダールの映画の小説版でした。そういう意味では、直接的な影響は六〇年代の映画とカルチャーということだと思います。

『さようなら、ギャングたち』は『気狂いピエロ』のリメイクだった

武田　今回インタヴューするに当たって、デビューされた当時の時評などもいくつか見てみたんですが、『さようなら、ギャングたち』について、これはきっといまのアメリカ文学の影響を受けた作品だろうと断定しているものが多かったんです。それが、むしろゴダー

ルの影響が大きくて、現代アメリカ文学とのつながりは村上春樹さんの方が強いということですね。それでは当時、高橋さんはアメリカ文学にあまり関心がなかったのでしょうか。

高橋　僕が読んでいたのは、もっと違うダークな奴なので、村上さんが読んでいたような作品は読んでなかったんですね。その後、近い人から「君はバーセルミ[*10]に似てるよ」と言われて、バーセルミを読んだり、ブローティガン[*11]を読んだりしていたんですけど。

今回、久しぶりに『さようなら、ギャングたち』を読んでみたんですけど、いいですね、これ（笑）。「いい」っていうのは、もう書けないという意味でね。小説家が書く作品のなかでも、もう一回考えるともっと上手く書けそうなものと、もう絶対ああいうふうには書けないというものがあって、『さようなら、ギャングたち』はやっぱり二度と書けない種類のものだなと思っています。

もう一つ、自分では気がついていたと思うんですが、これは完全に『気狂いピエロ』[*12]のリメイクですね。この小説はどんなふうに書いたのか、あんまり覚えてない、あっという

＊10　**バーセルミ**　ドナルド・バーセルミ。一九三一 - 八九年。アメリカの小説家。小説に『口に出せない習慣、奇妙な行為』、『雪白姫』など。

＊11　**ブローティガン**　リチャード・ブローティガン。一九三五 - 八四年。アメリカの小説家、詩人。小説に『アメリカの鱒釣り』、『西瓜糖の日々』など。

＊12　**『気狂いピエロ』**　ゴダール監督によるフランス・イタリア合作映画（一九六五年）。ヌーヴェルヴァーグを代表する作品の一つ。

間に書いちゃったんで。でも頭のなかで、ほぼ完全にゴダールの『気狂いピエロ』を小説化していたんだな、と。断片的なこと、それから詩的なものが混じっていること、さまざまな引用があること。それだけではなくて、ストーリー自体がね。といっても、これはストーリーがないようなものですけれど。ゴダールの映画では、ギャングに所属してきた女と男が逃亡する物語なんですが、『さようなら、ギャングたち』の話もギャングがいて、最後に全員死んでしまう。

他人の映画をノベライゼーションしたものだったと、しかも絶対ノベライゼーションできないような作品で行っていたんだなと、あらためて思いました。もちろんゴダールの影響はいろいろな面で受けているんですけど、細かいプロットとかも含めて、ほとんど『気狂いピエロ』のリメイクだったんだなって、今回、気がつきましたね。だから、不思議ですよね。もちろんいろんなものが混じっているんだけれども、ある意味、一つの映画作品を完全に消化して、もはや原型をとどめない形でリメイクしている。それはたぶん、試行錯誤があってそこに辿り着いた。

この小説は二カ月で書いた。前の『ジョン・レノン対火星人』になった小説が八一年の群像新人文学賞に落ちて、その後、担当編集者から「次の作品はどうなっているの?」と言われて、「準備しています」と言ったら、「書いて。次の長編賞の締め切り二カ月後だから」と。四月末の群像新人文学賞の結果が終わって、六月末に次の群像新人長編小説賞の締め切りがある。「二カ月で六百枚書け」って、むちゃくちゃな話なんですけど。

でも、そのとき、もうこの話の構想があったので、書けそうな気がしたんで「書けます」と。これがよかったのは、時間がなかったことです。二カ月で完成しなければいけなかったんで、このような形を取るしかなかった。これが来年までとかだったら、もっとストーリーがあって、物語性のあるものになったかもしれない。そうしたら、たぶん別な小説になっていましたね。時間がなかったせいで、ああなった。だから、この二カ月間は完全にこの小説のなかに僕自身が閉じ込められた。そういうことも、もうなかなかできないですね。

武田　もしよければ、作品紹介も兼ねて一部を朗読していただけたらと思うのですが。『さようなら、ギャングたち』から、どこかお好きなところを読んでいただけないでしょうか。

高橋　いま？　どこがいいかな……最初のところから読みます。

この小説は、頭から順番に書いていったんです。正確に言うと、最初の序みたいなところから書いたんですが、毎日二十枚を書くというノルマを課したんですね。詩人がある女の子と出会って、ギャングの片割れだったんだけれども、その子と愛し合う、そして最後は死んでしまう。詩人なんで、詩のことを書けばいいかなと。それ以外は何も決めずに、毎日書いていったんですね。なので、この最初の部分、覚えているんですけど、とりあえず「ありがとう」と書いています（笑）。これで何か言葉が降りてくるとか、僕はあまり信用しないんですけど、このときは「ありがとう」って書いたら、以下の文章が自動的に降りてきました。

昔々、人々はみんな名前をもっていた。そしてその名前は親によってつけられたものだと言われている。

そう本に書いてあった。

大昔は本当にそうだったのかも知れない。

そしてその名前は、ピョートル・ヴェルヘーボンスキーとかオリバー・トゥイストとか忍海爵《おしぬみじやつく》とかいった有名な小説の主人公と同じような名前だった。

ずい分面白かっただろうな。

「おいおい、アドリーアーン・レーベルキューン殿、貴公いずこへ行かれるのか？」

「どこへいのうとわいのかってやないけ？　そうやろ、森林太郎ちゃん」

今はそんな名前をもっている人間はほとんどいない。政治家と女優だけが今でもそんな名前をもっている。

それから人々は自分で自分の名前をつけるようになった。その頃のことならわたしも少しはおぼえている。

みんな、自分の名前をつけるのに熱中していた。親からもらった名前をつけている連中は役所へ行って新しく自分が考えた名前と交換してもらうのだ。

役所の前にはいつも長い列があった。
列にならびはじめた頃恋人ができると、役所が見える頃には赤ん坊が生まれて救急車で運ばれていくぐらい長い列だった。
古い名前は役人たちが、役所の裏の川にどんどん放りこんだ。
何百万もの古い名前が川の表面をびっしり埋めて、しずしずと流れていった。
わたしたちいたずら悪童連《がきども》は、毎日、川のほとりに集まっては流れゆく古い名前たちに石をぶつけたり、罵ったり、おしっこをひっかけたりして遊んだものだった。
「やーい
やーい
おたんちん‼
やーい
やーい
のどちんこ‼」
わたしたちは川のほとりに一列にならぶと、目を白黒させている古い名前たちをこきおろし、未だ皮もむけていないおちんちんを一斉に取り出した。
「ささげー　銃《つつ》‼」
わたしたちは構える。

「射て‼」

わたしたちのおしっこの一斉射撃をうけた可哀そうな古い名前たちは身もだえし、右往左往するだけで手を出すことができないのだ。

「くそがき！

ねしょんべんたれ！

おやふこうのばちあたり‼」

精一杯いやみを言いながら古い名前たちは海へむかって流れていった。


というのが最初のところなんです。これね、たぶん三十分ぐらいで書いた。直してないです。もう、こんなことは二度とない（笑）。

自分のなかの音楽を聞く

高橋　それまでにいくつか試行錯誤して、とにかく小説を書こうとしていたんですが、このときになると、自分のなかにある種の音楽みたいなものが生まれて、書いているというか、その音に耳を傾けている状態になっていたんです。それに気づいたとき、「あ、物を書くっていうのは、こういう状態のことを言うのか」と初めてわかりました。ここからは毎日が本当に幸せで、「次の日には何が出てくるんだろう」というような日々を過ごして。『さようなら、ギャングたち』は第三部まであるんですけど、第二部まではすごかった。第三部になったら、音が聞こえなくなっちゃった。ガス欠して、そこからちょっとキつかった。

特に最初の第一部と第二部は、毎日、朝起きると、もう音が聞こえてくる。書き写しているだけ。それで寝る前に、「もう次の部分はこうかな」となって寝て、起きてまた書く。自分でも不思議な感覚でした。小説を書いているんじゃなくて、自分のなかにある音楽を聞いている。それが書くことだって言うことができたので、僕はそれから三十年以上書いているんですが、あんなに幸せだったことはありません。

もう友達とも会わず、家族もなしだったので、次の日が来るのが待ち遠しくて。不思議なのは、一日ごとに自分のなかの音楽を聞き取る能力が増していくのがわかるんです。「昨日はここまでしか聞こえなかったけど、今日はもっと聞こえる」、「明日はもっと聞こえるようになるだろう」という確信がある。

だから、すごくフィジカルな、音楽的な経験です。たぶん、そのとき僕が作家になったんだと思うんですけれど、それは書くのが大変とか、書くことの困難さとかではなくて、とても喜ばしい体験によってです。それ以降も、そういうことがたまにあるんです。一カ月ぐらい毎日、もう特別な空間のなかにいて、すごく豊かな気持ちで過ごせたというのは。これがやはりどこかで、僕たちが作家になるときに、創造の神様が与えてくれる特権的な時間、音楽的な時間ではないかと思います。いま考えても、リズムみたいなのが、「ああ、あのときこうやって聞いていたよね」というのは、よく覚えています。

詩人の偽物が小説家になる

武田 『さようなら、ギャングたち』を読んでいて感じるのが、神話的あるいは寓話的な要素と、リアルな要素とが混ざっているということです。第一部で、「わたし」と「女」と呼ばれる人物の間に生まれたキャラウェイという娘が死んでしまうのですが、なきがらをかごに載せ、背中にかついで墓地へと運ぶ途中、死んだはずのキャラウェイが「わたし」と対話しているように書かれる場面があります。ここには、神話の冥府下りのような雰囲気が漂っています。

しかし、そういったおとぎ話的な雰囲気の裏に、何か残酷な現実が隠されているように読める箇所もあります。キャラウェイの死を描いた場面で、「役所はわたしたちが死ぬ日を正確に知っていて、その期日をハガキで通知する」とか、あるいは死んだキャラウェイを墓場に連れて行く場面でも、「街には死躰を近づけてはならない場所が2万7千6百6拾ヵ所もあって、わたしは1キロ先の「幼児用墓地」に行くのに、うねうねうねうね10キロも歩かなければならない」とあり、こういった描写を読むと、おとぎ話のような時間が流れているかに見えながらも、同時にこの作品は、ある種のディストピア小説というか、アンチユートピア小説としても読めるのかなと思ったんですが、そのあたりはいかがでしょう?

高橋 その辺は、あまり意識はしてなかったと思います。これは書きながら、自分が何を書きつつあるのかというふうに考えていて、それはこの世界なんですね。やはり思ったのは、この世界をどうやったら描けるのか、と。全世界ですね。

つまり、僕は詩で育った人間なので。たぶん小説から来た人たちが、例えば「私」とか、あるコミュニティとか、ある局限された空間のなかで言葉を紡ぐ、物語を作るという思考があるとしたら、僕が知っていて好きだった詩人たちは、いきなり世界全部を言葉で表現する。それは詩の特性ではあるんですよね。

詩は、ある種、抽象的なことも歌えるし、ゴダールの映画(『気狂いピエロ』)ではアルチュール・ランボー[*13]を引用していますが、「見つかった 何が? 永遠が」という。小説で「永遠」とかいうと、何のこっちゃと言われるけども、そこは詩の言葉も、ある意味乱暴であって、それに惹かれるところもあったんですね。

＊13 アルチュール・ランボー 一八五四 - 九一年。フランスの詩人。作品に『酔いどれ船』、『地獄の季節』など。「見つかった 何が? 永遠が」という言葉は、『地獄の季節』に収められた「永遠」からの引用。

要するに、この小説の主人公は詩人なので、「その詩人が書いているものは詩なのか小説なのか」と当時も言われました。僕はよく詩人と話すことがあるんですけど、みんな、「これは詩だ」って言うんです。僕は「小説だ」って言う。いまだにそこは揉めているんですね。僕のなかでは、詩と小説が共通している部分もあります。同じ言葉を使っているし。だから、指向性というか、向かう方向が違うと思うんです。

たしかにこの小説は、「世界を一挙に描き尽くしたい」ということでは、詩のマインドに近いと思うんですが、そういうふうに詩が書けないと思っている主人公の話でもある。詩人で、また詩の学校の先生であって、詩のことについては雄弁に語るんですけども、彼自身の詩はないんですよね。人の詩ばっかり。先生って意外とわかっていない。

武田　例外は、子どもの頃に書いた「うふち」という言葉のことを、あれは詩だったんだ、と主張しているくらいで。

高橋　そうそう。だから、ある意味、彼はなり損なった詩人で、本当の詩人はこんな詩の学校で教えたりしないんです。つまり、偽者なんです。そして詩人の偽者が小説家になれるんじゃないかっていうのが、このとき薄々と僕の感じたことじゃないか。

だから、やっぱり恥ずかしい感じ。本当は詩の言葉で一気に世界を描き尽くしたかったんだけど、それがどうしてもできない。で、しょうがない、すごく違った方向でね。よく似ているけれど、まがいものの詩として、それでも世界全部を描き尽くしたいと思うと、こういうものになる。

最初に言ったみたいに、僕のなかに、本当のことは言えないという感じがある。ただ、詩なら本当のことが言えるんじゃないかと思っているところがありますね。だから、僕は詩が書けないっていうのが、自分のなかにある小説を書く大きな動因の一つです。

そのように言うと、詩人たちは「詩を評価し過ぎだ」という。でも、そういうものがあると考えるのは、僕のなかでも、チューニングする場合の基礎になっている。僕は詩が書けない、詩の言葉には到達できないというところから始まって、それが小説になっているんですね。『さようなら、ギャングたち』のなかで、偽者のギャングに、偽者の詩人がなっているというのは、わりと正直に僕の感覚を表している。だから、小説がいいのは、偽物っぽいところなんですよ。

武田　いまのお話を伺って、かなり古い本ですが、ルカーチ[*14]の『小説の理論』(一九二〇年)における、叙事詩と小説についての議論を思い出しました。古代の叙事詩は世界全体を表せるけれども、近代の小説は、全体性が見えなくなってしまった時代に成立した叙事詩的形式である、だから、そこには全体を表せないという葛藤がつねにある、とルカーチは述

＊14　ルカーチ　ジェルジ・ルカーチ。一八八五‐一九七一年。ハンガリー出身の哲学者、文芸批評家。著作に『魂と形式』、『小説の理論』など。

べています。いま高橋さんが仰ったことは、そういう小説の本質に迫る内容だと思います。

「完璧病」にかかっていた『ゴーストバスターズ』の七年間

武田　『さようなら、ギャングたち』に続いて、『虹の彼方に（オーヴァー・ザ・レインボウ）』、さらには先ほどから名前の出ている『ジョン・レノン対火星人』と、三部作と呼ばれる作品を発表され、その後、一九八八年には『優雅で感傷的な日本野球』によって三島由紀夫賞を受賞されます。このときの選評で江藤淳は、「言葉が解き放たれて、言葉それ自体に戻りつつ飛翔しているのでなければ、こんな愉しさが生れるはずはない。かくも爽かな言葉の魔術師の出現を目前にして、私は惜しみない拍手を送りたいという気持ちを、どうしても禁じ得なかった」と絶賛しました。それから今日まで、数多くの作品を発表されています。

ただ、一九九〇年に『惑星P－13の秘密』を出された後、九七年まで小説の刊行がないのですが、ここには何か内的な動機があったのでしょうか。

高橋　えーとですね、スランプです（笑）。具体的に言うと、この時期はちょうど七年かけて、『ゴーストバスターズ』という小説をずーっと書いていました。『さようなら、ギャングたち』は一日二十枚でしたが、このとき一日二行。覚えているんですけど、二行書いて、また一番最初から読むんです。読むだけで半日ぐらいかけて、そして二行書いてというのをひたすらやっていました。

『ゴーストバスターズ』という小説は、僕、非常に愛着があるんですね。ある意味、どれも形は決まっていて、この小説は二人組がアメリカを探すという話ですね。だから、さまざまな二人、BA-SHOとSO-RAとか、ブッチ・キャシディとサンダンス・キッドとか、ドン・キホーテとサンチョ・パンサがペアになって、幻のアメリカを探すという話。

ここで一つ、自分がやろうとしたことに決着をつけたいという思いがあって、そこで幻のアメリカが見つかるか見つからないかわからないんだけども、そこまで辿り着けば、一

『虹の彼方に（オーヴァー・ザ・レインボウ）』（中央公論社、一九八四年／講談社文芸文庫、二〇〇六年）

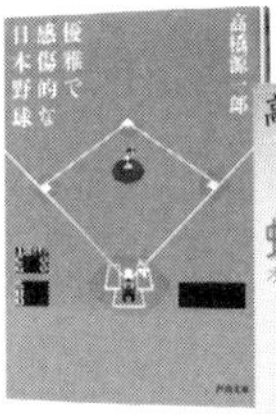

『優雅で感傷的な日本野球』（河出書房新社、一九八八年／河出文庫、二〇〇六年）

『惑星P-13の秘密——二台の壊れたロボットのための愛と哀しみに満ちた世界文学』（角川書店、一九九〇年／角川文庫、九二年）

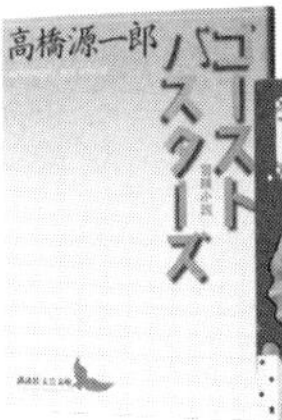

『ゴーストバスターズ——冒険小説』（講談社、一九九七年／講談社文芸文庫、二〇一〇年）

つ、自分がやろうとしたことの達成があるんじゃないかと思って、七年間やったんですが、どこまで行っても辿り着かない。

実はこの話には、別の結末があるんです。本当はそこに行くはずだったんです。そうしたら、どう書いても行かないんですよ。結末があそこにあるんで、毎回調整していくようにしているうちに、一日二行が一週間で二行になってきた。ある日、「これ、いつ完成するんだろう、完成する頃に死んでるよ」と思ったときに、何か間違っているんじゃないのか、と。もっと早く気づけよってことなんですけど。

そのときは、元々モダンな書き方と決別してやっていたはずなのに、非常にモダニズム的というか、完璧なものを求めるという方向に行ってしまっていた。いまから考えると。ちょっと頭おかしかったんじゃないか。それは作品を作っていくと、到達点があるという考えですね。まあ、馬鹿なことでも何年かやったらいいと思うんですけど、やっぱりどう考えても何か根本的に間違っていると思って、とりあえず完成させることにしたんです。もっと別なことをやろうというふうに。

その後、一気に小説の連載を四つとか持つようになった。ちょうど時期がよかった。自分のなかであまりにも書くことを特権化し過ぎていたので、体質改善しなきゃいけないなと思ったときに、渡りに船でね。じゃあ、たくさん書いてみたらどうだと思うようになった。でも、考えたら『さようなら、ギャングたち』と一緒ですね。二カ月で六百枚書けって話ですよ。

なので僕、一番ひどかった時期、小説の連載を三つ同時に書いた。朝日新聞で日刊、『群像』で月刊、『女性自身』で週刊をやって、それぞれ全然違う。だから、こっち見て、こっち見て、こっち見て、そうやって書いていたら『ゴーストバスターズ』のときの「完璧病」って病気が治った。

だから、それは僕の個人的な理由でもあるんですけれども、作家というのは順調にいつも進めているわけではなくて、自分でも気がつかない穴ぼこに落ちることがあって。いま考えたら、『ゴーストバスターズ』を書いている頃は、やはりどうかしていますね。毎日毎日同じ小説を読んでいるんだから、七年ぐらい。ジェイムズ・ジョイス[*15]になったような気分だったと思うんですけど。それで、ちょっと荒療治をして、自分のなかの音楽が聞こえるようにしようといって書いたのが、『日本文学盛衰史』。ここで久しぶりに音楽が聞こえてきたって感じです。

＊15　ジェイムズ・ジョイス　一八八二 - 一九四一年。アイルランド出身の小説家。小説に『ユリシーズ』、『フィネガンズ・ウェイク』など。

『日本文学盛衰史』
(講談社、二〇〇一年/講談社文庫、〇四年)

「何をどう書けばいいのか?」近代日本文学の黎明期、使える文体や描くべきテーマを求めて苦悩する作家たち。そして……漱石は鷗外に「たまごっち」をねだり、啄木は伝言ダイヤルにはまり、花袋はアダルトビデオの監督になる!? 近代文学史上のスーパースターが総登場する超絶長編小説。(本書紹介より)

歴史と現代を往還する『日本文学盛衰史』

武田　ということで、『日本文学盛衰史』に移ります。いままでのお話から推察すると、日本の文学、特に小説への関心を当初はそれほど持っておられなかったのではないかと思います。もちろん『ジョン・レノン対火星人』に出てくる「金子光晴」とか、『ゴーストバスターズ』のBA-SHOとか、日本文学のキャラクターは高橋作品に登場してきましたし、『文学がこんなにわかっていいかしら』などの評論では、同時代の日本の作家を論じてはいます。ですが、この『日本文学盛衰史』のように、近代日本文学そのものをテーマにした長編を書くには、何か高橋さんの関心を特に近代日本文学へと引き寄せるきっかけがあったように思うのですが、いかがでしょうか。

高橋　そうですね。一つ誤解を避けるために言うと、読んではいたんですね。僕は今年六十四歳になりますけれども、たぶん僕のもう少し後の世代までは、ある種の教養主義みたいなものがあって、やっぱり文学を好きだったら、大岡昇平を読んでなきゃまずいよねとか、椎名林檎じゃなくて、椎名麟三はコンプリートとかね。そういうふうに何か読んではいたんです。ただ、あまり身にしみてなかったんですね。島尾敏雄が好きとか、個別には好きな作家もあったんですけど、本当に身にしみるようになったのは実は最近なんです。そういう意味では、この『日本文学盛衰史』が、日本文学と本当にまじめにつき合おうと思ったきっかけになった。

その前に関川夏央さんと谷口ジローさんの『『坊ちゃん』の時代』[*16]という漫画があって、これを八〇年代の終わりぐらいに読んだんです。本当に衝撃受けて。僕は伊藤整の『日本文壇史』は読んでいて、それを面白いなと思ったんだけど、この『『坊ちゃん』の時代』は心の底から「やられた」と思った。もうあれ、ご存じのように漫画という形で、伊藤整の『日本文壇史』を漫画でリメイクしているんです。

まず、登場人物が作家たちであること。それから、もう一つ大きい仕掛けがあるんですね。登場している作家たちの小説に書かれていることを全部、事実だっていうふうにした

＊16　『『坊ちゃん』の時代』　関川夏央・谷口ジローの劇画。一九八七 - 九六年に『漫画アクション』（双葉社）で連載。

んですね。そこの発明がすごい。どういうことかというと、当時、彼らは自分の小説のなかに自分の経験を描き込んでいます。ただ、それは私小説ではないので、あくまでフィクションとして出しているんです。しかし、『『坊ちゃん』の時代』では、作家たちが小説に書いたことは全部、事実だったとしたのです。

そうすると、日本の作家の歴史が一つの大きい物語になる。つまり、日本の作家たちが生んだ最大のキャラクターは当人たちで、そして最大の物語は文学史じゃないか、それ以上の物語は生んでこなかったんじゃないかというのが、伊藤整から関川さんたちにつながる問題意識だと思うんですね。そんなすごいことをやっているのに、文学の方では、あの作品に誰も興味を示さなかった。僕は本当に、『『坊ちゃん』の時代』になぜ野間文芸賞をあげないんだろうと。漫画だからですね。

なので、あれに負けないものを書きたいなと思って。これも実は『さようなら、ギャングたち』と一緒で、構成は全く考えてなかったんです。というか一応、最終回だけは決めていたんです、全然違うものを。ヘルマン・ブロッホ[*17]の『ウェルギリウスの死』という小説があるんですけど、最後、ウェルギリウスの目という意識の流れで終わるんです。それと同じように、二葉亭四迷の意識の流れで終わるという、妙に文学的な最終回を考えていた。そこを目標に書いていこうと。

でも、ただ書いていても仕方ないんで、「伊藤整や関川夏央や谷口ジローがやったことがない、小説だからできる何かをつけ加えよう。でも、とりあえずやってみるか」といって書き出した。第一回目は二葉亭四迷の葬式の話なんですけど、鷗外と漱石を出したときに、けっこう衝動的に「たまごっち[*18]」が登場して。あれは実は、全く計画になかったんです。つまり、書いているうちに普通の小説になっているなと思っていて、僕、作家としての経験で、そういうときは自分のなかの音楽に耳を傾ける。何か足りないなとなったら、いきなり漱石が鷗外に「たまごっち、持っていますか」って聞く。

第一回目に、そこまで辿り着いたときに、「あ、こういう小説を書こうとしているんだ」とわかった。後は、そういう意味ではほとんど苦労はなく、「そうか、終わってしまった歴史と現代を往還させればいい」と思って書いていった。

伊藤整や関川さんたちがやったのは、フィクションと事実の間を往還させることでした。小説のなかに書かれていることを事実として扱うことで、そのフィクションと事実の間の壁を取ったんですね。そこまではやられているんで、僕はあと時間の壁を取れば、一歩先に進めるかなということで、第一回でそうなった。後はそのまま四年ぐらいずっと書いて

＊17　ヘルマン・ブロッホ　一八八六‐一九五一年。オーストリアの作家。小説に『夢遊の人々』、『ウェルギリウスの死』など。

＊18　たまごっち　一九九六年にバンダイから発売された携帯ゲーム。キャラクターにえさを与えたり、一緒に遊んだりしながら育てていく。

いたということですね。

審判を下さない文学史を書く

武田　時空を超えて、田山花袋がアダルトビデオの監督に転身したり、明治の文壇をさまざまな形で現代に甦らせる工夫もされています。同時に、そこでつねに言葉や想像力の問題を深く問うてもいらっしゃると思うんですね。

例えば、石川啄木を描いたところでは、大逆事件[*19]の裁判を批判して、そこに国家が想像力を統制することへの警鐘を鳴らそうとする啄木の姿や、啄木の思いを理解し、その才能を評価しつつも、時局に配慮して彼の論説（「時代閉塞の現状」）を朝日新聞に掲載できない漱石の忸怩たる思いが、本当に啄木・漱石はこう考えたんじゃないか、と思わせるリアルさで描かれています。このように、明治と現代とを想像力豊かにオーバーラップさせながら、同時に言葉をめぐる普遍的な問題も浮上させていて、まさに圧倒的な作品だと思います。

また、いわゆる偉大な文学者を登場させながらも、他方ではそれほど知られていない、マイナーといえる人たちにも光が当てられていますよね。あるいは、名前は有名だけれども、その後の近代文学の流れからはとり残されてしまった作家、川上眉山[*20]、山田美妙[*21]、（こちらは今もある程度読まれていますが）尾崎紅葉[*22]とか、そういった人たちも描いています。

たまたま私は十八世紀のイギリス文学を専門にしているので、どこかサミュエル・ジョンソンの『イギリス詩人伝』[*23]に似ているなと思いました。あれも、ミルトンとかドライデンとか、いわゆる大詩人の伝記だけでなく、リチャード・サヴェッジのような、最後には困窮して死んでしまった詩人の伝記も収めています。『日本文学盛衰史』には、北村三唖[*24]という作家が出てきますが、彼のことが書かれた箇所を読んでいると、ジョンソンの『サヴェッジ伝』が思い出されました。

高橋さんは構成を考えずに書いたと仰っていましたが、このように全体を見ると見事な群像劇になっていて、勝者、敗者、全てあわせた一つの総体を、混沌としたまま提示することで、いわば歴史の生《なま》の姿を表現されているように感じました。

＊19 **大逆事件** 一九一〇 - 一一年に社会主義者・幸徳秋水らが明治天皇の暗殺を計画したとして、幸徳をはじめとする全国の社会主義者や無政府主義者に逮捕、起訴、死刑判決が下された事件。

＊20 **川上眉山** 一八六九 - 一九〇八年。小説家。小説に『観音岩』など。

＊21 **山田美妙** 一八六八 - 一九一〇年。小説家、詩人、批評家。小説に『武蔵野』、『蝴蝶』など。

＊22 **尾崎紅葉** 一八六八 - 一九〇三年。小説家。小説に『二人比丘尼色懺悔』、『金色夜叉』など。

＊23 **サミュエル・ジョンソン** 一七〇九 - 八四年。イギリスの詩人、小説家、批評家。著作に『人間の願望の虚しさ』、『英語辞典』、『幸福の探求――アビシニアの王子ラセラスの物語』など。『イギリス詩人伝』は評伝文学の嚆矢であり、一七 - 一八世紀のイギリス詩人五二人の伝記をジョンソンが一人で執筆した大著。

＊24 **北村三唖** 一八七〇 - 一九一五年。小説家。小説に『石倉新五左衛門』など。

高橋　当然なんですけども、この連載をしているとき、もしくはその前後は『日本文学全集』、『鷗外全集』、『漱石全集』を毎日、死ぬほど読んでいたんですね。読むといっても、やはり自分の小説の直接の題材として読む場合と、普通に読む場合とは違うんです。

これはもしかしたら自分の小説に出てくるかもしれない、と思いながら読んでいると、普通に読むときより、一人一人の作家、一つ一つの作品がすごく愛おしい感じで、楽しくて、文学史上では非常にマイナーな作家や作品を読んでいても、もう全部よく見える。客観的に見たら、つまんないですよ。でも、何かもう、つまらなさがよくて、これは批評とはまた別の感覚なんです。

何て言うんでしょうか、歴史は表現に審判を下して「おまえは歴史のごみくずに行け」みたいなことをするんですが、そういう文学史はありますよね。でも、伊藤整も関川さんたちもそうですけど、そんな審判は下さない。同じような条件で、ある者は生き残り、ある者は虚しく死んでいく。

これは文学史ということですが、歴史そのものがそうです。僕たち自身が「おまえは成功した人生」、「おまえは失敗した人生」とか言われたくないですよね。そういう意味では、僕は関川さんたちの漫画がすごくいいなと思ったのは、出てくるマイナーな作家がみな普通の人なんですよ。作家志望の人と変わらないんです。それで、ほとんど上手くいっていない作品。でも、もしかするとそれは、上手くいくかもしれなかった作品の雛形かもしれない。

つまり、僕自身がデビューしたのは本当に偶然だったかもしれないし、ある時期、書くべきものに会って、たまたまそういう状況のなかで音が聞こえたから書けたのかもしれない。どんな条件下でも、どんな生き方をしても作家になった、とは思えないですよね。そうすると、「もしかしたら素晴らしい作家になったかもしれない、たくさんのマイナーな作家たちの存在を見ない文学史というのは、果たして文学だろうか」と。そういうふうに、毎日思いながら書いていました。もちろん、漱石とか鷗外とか啄木とか藤村とか、歴史に名を残した偉大な作家の作品のよさもあるんですが、文学というものは人間の表現として成り立って、その言葉が歴史を超えて僕たちを貫くとしたら、それは逆にマイナーな作家がいるからです。つまり、上手くいかなかったたくさんのトライと交換に、上手くいった少数なものもあるんです。そういうことを考えながら書いていったので、途中からマイナーな作家とか、いろいろ登場させました。

ただ、さっきから言っていますが、最終的には僕自身が失敗した詩人、つまりマイナーな詩人ですよね。だから小説を書く。つまり、失敗した小説家というのは、何かの成功なのかもしれない。というようなことを考えていける一つのベースとして、この作品ができていた。これは『さようなら、ギャングたち』の二カ月とは違い、四年近くを過ごしたんですけども、この時間も僕にとっては、とても居心地がいいものでした。毎月、「今回は何やろうかな」と。それが何回か連続のときもありました。いつも待っている感じですね、自分のなかに何か気づきが起こるのを。

この場合は、今月はこの人をきちんと書こうと思って考えているうちに、「あ、こういうことを、この人について書きたい」と出てくる。だから典型的なのは、途中で僕が吐血して胃潰瘍で倒れたことです。不思議なことに、そのとき漱石の「修善寺の大患[*25]」を書く準備していたんです。それで「漱石、吐血したよな」とか言ってたら、自分が吐血しちゃった。にもかかわらず、何ですぐ書けたかというと、もう準備していたんですね。だから、文学は怖いなと思いましたけど。

二葉亭四迷に対するシンパシー

武田　「原宿の大患」と作中で呼ばれている事件のことですね。このように、ご自身が実際に体験した出来事も混ぜていらっしゃるんですが、作家・高橋源一郎を投影するという意味では、二葉亭四迷に対するシンパシーがすごく強いのではないかという印象を抱きました。『日本文学盛衰史』のなかで強調されているのは、四迷という作家は文学を言葉の問題から根源的に捉える人物である、ということではないでしょうか。だからこそ四迷は文学を疑うことになってしまった。そのジレンマのなかで、それでも書いている立場におそらく共感されている。これは本日のインタヴューの最初にお話しされた、失語状態を通じて作家になったというご自身の経験にどこか重なるのかな、という感想を抱きました。

高橋　まあ、こう言っちゃなんですけど、二葉亭四迷を読み始めた頃には、こんなに自分に似た人がいるんだ、と。四迷という人は、すごく簡単に言うと、作家になれなかった人なんですね。もちろん『浮雲』を書いて、優れた翻訳もしていますが、当人は書きたいものが他にあった。でも、いつも書けないんですよね。あれだけ著作集が出ているし、文学史にとって非常に大切な仕事をしているし、翻訳なんか大変素晴らしいんですけれども、これがいわゆる作品だろうかっていうと、微妙なところがある。何か上手くいってない。『平凡』という作品があるんですね、朝日新聞に連載して。これは超ひどい。僕は大好きなんですけど（笑）。毎回、書くことがない。いままでいうメタフィクションですね。でも、ひどいです、投げやりな感じが。もはや、やる気なし。

つまり、鷗外、漱石、藤村といったビックネームたちは、自分のなかに豊かな表現すべき何物かがある。剰余の何か、無意識の何かがあって、そこに大きな豊潤な世界を作り上げていく。けれども、俺はないよ、と、そういうものは、何もないいんだ。でも、そのことを

＊25　**「修善寺の大患」**　一九一〇年、夏目漱石は療養のため伊豆の修善寺の旅館に滞在していたが、さらに病状が悪化し、多量の血を吐き死生の境を彷徨った出来事。

よくわかって、なおかつ書いている。これはもう、四迷というのは、マイナー作家の代表みたいな人です。気持ちも含めてね。貧しさを知っているけれども、書かずにはいられないという。本当に僕は、他人事じゃないと思えたんですね。

四迷自身も、自分のことを「偽者じゃないか」というふうにずっと言っている。「いやいや、あれが本物なんだよ」と言ってあげたいですが。でも、それを認めることはまた四迷らしさを否定することになるんで、彼は、まあ、悩んで死ぬしかなかったということなんですよ。そういう意味では、僕は『日本文学盛衰史』に出ている全ての作家のなかで、やはり四迷にどうしても強い共感を持つ。つまり、啄木のような無意識の天才のようにはできない。鷗外のような豊かな世界を作ることもできない。がりがりにやせた裸の世界で、認識だけはポロッと出てくる。何かを表現しようとする人たちにとって、一番近いのは四迷のような人じゃないかと思うんですね。だから、彼を主人公にできたことはとてもよかった。これもいい出会いだと思いますね。

作家たちの死の記録

武田 『日本文学盛衰史』からも朗読をしていただこうと思うのですが、よろしいですか。

高橋 これは、どうしましょう、六五八ページもあるんですね。最後の「きみがむこうから…」っていうところで、いろんな作家たちの死の記録を新聞から引いてきている箇所がありますね。これは、朝日新聞社や読売新聞社まで行って、縮刷版を全部見せてもらった。一人一人の死亡年を見ながら、これもすごく面白かったんですけども。そこを全部読むといいんですが、これだけで三十分ぐらいかかっちゃう。

北村透谷[*26]が死んだときから、いろんな作家たちの死の客観的な記事を引用しているのですが、これを書いているときに、何とも言えない気持ちになったんです。最後の少し前のところにしましょう。島崎藤村が亡くなるところですね。これは全部新聞に載っていて、こんなことがよくわかったと思うんですけどね。

午前九時四十分『ひどい頭痛がする』といつて自分で立ち上がり、ふだん薬のおいてある茶箪笥から薬をとつたところでバツタリ倒れた、意識もハツキリと口もきけた翁は言つた

『七十枚のつもりなんだが……』

夫人『あれでいゝではありませんか』

『それもさうだ、あれだけでもいゝんだ……』

＊26　北村透谷　一八六八‐九四年。詩人、批評家。作品に『蓬莱曲』（劇詩）、『人生に相渉るとは何の謂ぞ』（評論）など。

しばらく沈黙のゝちポツンと『涼しい風だネ』といつた、顔を見ると翁は澄んだ瞳で、ジツと〇〇〇（活字が滲んで読めなかった）咲く庭を凝視めてゐた、しばらくしてもう一度『涼しい風だネ』を繰り返しそれから十五時間後廿二日午前零時卅五分静かに逝くまで再び意識を取戻すことはなかつた」（昭和十八年八月二十六日読売報知新聞）

透谷が亡くなって四十九年が過ぎ去っていた。

この後に書いたのは……

昭和二十一年一月十日、三重の奥深い山の中、度会郡七保村打見の路上で自転

車で往診中の診療所医師が脳溢血の発作を起こし吹雪の中に倒れ、そのまま亡くなった。医師の名前は伊良子清白[*27]、本名を暉造《てるぞう》といった。享年七十歳。文学史家は彼に最初の現代詩人の誉れを与えている。だが、その死亡記事を掲載した新聞は一つも見つからない。

探したんですけれど、伊良子清白の死は、新聞には載っていませんでした。それで、次のところです。

何年前だったろうか。死の床に就いていた中上健次を見舞いにいくことになったのは。しかし、死にゆく人間になにを話せばいいのか。何度かためらったあげく、ぼくたちは連れ立って病室を訪ねた。だが、病室は空だった。ベッドの上には寝具がきちんと畳まれていた。「あの」僕は廊下に走り出て、看護婦に訴えた。「いったい、この部屋の患者は……」

「中上さんなら、ついさっき、田舎へ戻られましたが」

ぼくたちはよろよろと病院を出て、近くの中華料理屋に入り、ビールを注文した。

＊27 伊良子清白 一八七七 - 一九四六年。詩人。詩集に『孔雀船』など。

午前十一時、客は誰もいない。ぼくたちは黙ってビールを飲んだ。しばらくして、古井由吉が呻くようにいった。「なんということだ」。ぼくたちはそれに続く言葉を息をひそめて待った。

「このビールの温さときたら！」

……ここまで書いて、ぼくはタバコに火をつける。

人類が誕生してからいままでにいったい何人の人間が死んだのか。問題は、誰も帰って来なかったことなのだが。残されるのは言葉ばかりで、だから、ぼくたちはおおいに死者を誤解する。だが、やがてぼくもまた誤解される側にまわるだろう。

赤ん坊の泣き声が聞こえたような気がした。

机を離れ、ぼくは静かに寝室のドアを開け、そして後ろ手に閉める。真っ暗な部屋の中の真っ暗な片隅のベビーベッドへ、ぼくは手さぐりで近づき、ゆっくりと身体を傾けてゆく。静かな寝息、立ちのぼる甘いミルクの香り。ぼくは軽い目まいに襲われる。この子がぼくの年齢になった時ぼくはこの世に存在しないということが、なぜかぼくには大きな喜びだ。ぼくは闇の中で音を立てずにUターンする。そして、ドアを開け、また閉めながらもう一度寝室の中を見回す。細い稲妻のような光がドアの隙間から真っ直ぐベビーベッドを貫いた瞬間、ぼくの頭の中に、こんな言葉が浮かんだ。
「ぼくの最初の記憶はドアがゆっくりと閉まっていくところ。逆光を浴びて、ひとり男が立っている。その表情は見えない。いまから考えると、あれは亡くなった父親だったにちがいない」

ぼくは瞑目する。

すると、微かに聞こえてくる、滝壷の向こうに落ちていった一千億人の悲鳴。耳を澄ませば、その中に、確かに未来のぼくの悲鳴も混じっているのだ。

というのが最後のところです。

武田　いま聞いただけでも本当に心動かされますけれども、六百ページ読んだ後にこれが来ると、本当に重く聞こえてくる一節なのかなと。

高橋　あの四年間連載していて、本当に最終回を迎えてですね、最終回の途中から記者たちの熱弁を書こうと思っていたんですね。それで毎日、朝日新聞社や読売新聞社に行って、古い新聞を見せてもらって、コピーして、それで書いていって。最後、藤村から伊良子清白のところまで来たところで、何かまだ終わってない感じがしたので、中上健次さんが亡くなったのは、もうちょっと前だったんですけど、「ああ、これは書いてなかった」と思って書いて。まだ終わってないなと感じて、「最後に死ぬのは自分かな」と思ったときに、これは僕の書いた小説のなかでも、一番形としては綺麗にというか、こうでしかないような終わり方になっているんです。

四年間、日本文学とつき合って、何か不思議な旅を続けてきて辿り着くことができました。さっきも言いましたけど、「文学」という言葉はあるんですが、それが何か具体的なものとして、個々の作家だったり、作品だったり、作家たちが生きた時代だったり、残した言葉としてトータルで文学という時空間があって、そこに行くと何かいいものをもらって帰れますねという気がします。

だから、作家には一つ一つの作品があるんだけれども、さらに彼らが生きて作り出したトータルな時空間があって、それがとても大事なんだなと。伊藤整とか関川さんの話をしましたが、彼らがやったことは、個々の作品、個々の作家を超えたものを愛おしむということでした。これはやはりとても大事かなと思いますね。それが四年間過ごした経験で、とても大切なものだといまでも思っています。

十年間の宿題——9・11から3・11まで

武田　『日本文学盛衰史』を発表した後も、高橋さんは旺盛に執筆活動を続けられます。ここから、選んでいただいた代表作三編のうち、もっとも近年に刊行された『さようならクリストファー・ロビン』の話に移りますが、この作品を考える上で、どうしても言及しなければいけないのが東日本大震災だと思います。読んだ方はおわかりでしょうが、これは六つの短編を集めたもので、最初の三つを書いた後に地震が発生したと聞いています。知識を前提にして読んでしまうからかもしれませんが、後半の三編からは、前半の三編に比べて、切迫した感じが伝わってきます。

ただ同時に、この六編に通底するものもあるような気がしてなりません。何といっても最初の「さようならクリストファー・ロビン」という表題作のなかで、これは震災前に書かれたにもかかわらず、「あのこと」と呼ばれるカタストロフが生じたように書かれています。

お話の中には、いつも、ぼくのいる場所がある――いつも考えている幼い少年と、なにかを書く仕事をしているパパ。「お子さま携帯」が時々「けいほう」を鳴らす日々。ぼくは何でもパパに聞き、パパは一緒に考える。物語をめぐり、あらゆる場所を訪れ、新しい物語の誕生に立ち会う。「虚無」と戦うものたちの物語。（本書紹介より）

『さよならクリストファー・ロビン』
（新潮社、二〇一二年）

予言とまでいうつもりはありませんが、何か時代の重い空気を掬い取った結果が未来の現実と一致してしまったというような、不思議で、少し不気味な感覚を受けました。

高橋　そうですね。この作品は、最初の三編は3・11の前に書いたものです。やはりこうやって考えながら小説を書いていくと、だんだん違ったものに関心が集まってきますね。『日本文学盛衰史』の頃は、さっき言ったように、一つの文学という時空間の話でした。これは時期的にいうとバブル景気の後で、何か世界がだんだん劣化していくなかで、でも、「文学という時空間はいま、すごいんだよ」と言おうと思って書いた作品です。ご存じのように、社会の流れでいうと、バブルがはじけたのが一九九二年です。もうこのときは、十年近くたっているんですけども、なだらかな後退のようなものがずっと起こっています。そして『日本文学盛衰史』の後、二〇〇一年に9・11があります。

3・11の後に『恋する原発』という小説を書いたんですが、実は9・11の後に書いていた小説が元々あったんです。これは完成しなかったんですね。僕が作家として失敗した一つの例で。だいたいいつも決めないで書くんですが、そのうちに何とかなるんです。でもこれは何とかならなかった、本当に。9・11のことを考えて、あの事件が持っている意味を何とか小説の言葉にしたいと思って、二年ぐらいやってきたんですが、どうやっても上手くいかない。書けば書くほど、どんどん訳がわかんなくなって。いくつか連載をやっていますけど、あれは最初から連載を放棄したの。担当者に「ごめん、もうだめだ。何書いていいか、わかんなくなった」って言って、放っておいたんですね。何回か書き直そうと思ったけれども、それもできず。

ただ、3・11の少し前に、書きかけのあの小説を完成させると約束したんです。そう言っていたら3・11があって、そのとき急に自分のなかで「あ、そうか」と。なぜあの小説が完成されなかったかということも、どうすれば完成させられるかも、すごく腑に落ちたんですね。

そういう意味では、十年ぐらい自分のなかで宿題がいくつかあったんです。「9・11のことがなぜ書けなかったんだろう」ということが、ずっと問題としてあった。言ってみれば、社会のことだったんですね。『日本文学盛衰史』のとき、文学という時空間のなかに社会のことは入れてきたんだけど、もう少し政治も含めて、この社会全体が壊れていくことに、作家だから何か言葉を差し向けたい、と。ただ、何を差し向けたらいいのか。僕の場合には、そのつど一から考えなきゃいけないので、正直言って十年ぐらい何がいいかわ

『恋する原発』
(講談社、二〇一一年/河出文庫、一七年)

からなかった。

『さよならクリストファー・ロビン』——即応性という作家の仕事

高橋 ただ、カタストロフみたいなことが起こってしまった後、残された者はどうしたらいいか、ということだろうという思いがあって。『さよならクリストファー・ロビン』は、最初に『新潮』の担当者に「短編を書いてください」と言われたんですが、そのときに「書きたいことがあるんだ」、「すごくいいのを書くから」と言って。もう書く前にわかるんですね。「いいからね」って書いたんです。

登場するのは想像上のキャラクターなんですけれども、カタストロフが起こった後に、言葉を持っている者はどう対処したらいいかということの一つの回答が、自分でも納得のいく形でできた。そのためにはこういう形が必要だったんだな、ということがあってですね。最初は連作の予定ではなかったのですが、これを書いた後、「ちょっと続き、書かせてくれよ」っていうことで書き出したのが最初の三つの作品、「さよならクリストファー・ロビン」、「峠の我が家」、「星降る夜に」ですね。

その後に3・11が起こった。すると、さっき言ったように、9・11の後に十年くらいかかえていた宿題が、急に自分のなかで解けた。そこで僕は、『さよならクリストファー・

ロビン』とは別に、9・11に関しての回答ではないんですが、さっき言った未完成の小説を『恋する原発』という形で書き直すのと、両方同時に始めたんです。

そのとき思っていたのは、即応性ということ。3・11のような、ああいう大きい出来事があった後、作家はだいたいたい虚脱状態になる。それは良い意味でも悪い意味でも、そうですね。悪い意味では、どうしていいかわからないという混乱だし、いい意味では、みんなが粗野な言葉を使うときにはあえて使わないという。

ただ、僕はちょっと違って、「早さ」が美徳かなと。つまり、9・11もそうですね、そのときどう考えたらいいのかと、みんな思う。そういうときに出てくるのは一つの声ですね。「奴らはテロリストだ」とか、そういうシンプルな声が世界を覆っていく。そのときに、作家はどうするかというと、複雑性を主張するはずなんです。でも僕は、そうではないシンプルな声をできるだけ早く上げるというのも、作家の仕事としてあるんじゃないか、と。9・11のとき、スーザン・ソンタグ[*28]を見て、あれは批評家としてよりも、作家だと思ったんですね。作家らしいある種の義務感から、アメリカが単一の声で覆われるときに、素早く違う声を上げた。あれは文学なんですね、批評というよりも。それがやっぱり作家の仕

＊28 スーザン・ソンタグ 一九三三-二〇〇四年。アメリカの批評家、小説家。著作に『反解釈』、『写真論』など。9・11直後に、当時のブッシュ政権の対外政策を痛烈に批判。

事の一つとして存在しているだろうと思っていた。

川上弘美さんが『神様2011』[*29]という作品を二カ月後ぐらいに出しました。自分の作品をリメイクすることをやった。これには本当に深い感銘を受けてですね。作家としては、ほぼ自殺行為。つまり、たぶんほとんど考えないでやったと思うんです。3・11があって大きな被害を受けて、みんな団結して頑張ろうみたいな単一の声のなかで、一つの異なった声として出すために自作を犠牲にした。あれはやっぱり文学だなと思って、僕も『恋する原発』という一つのリメイク作品を書いたんです。

また、『さよならクリストファー・ロビン』の短編の連作の方は、それとも違う声があり得るんじゃないかということで、最初の三作とは違うんですが、続きの作品を書きました。9・11由来の宿題があり、3・11由来の緊迫した時期であり、「とりあえずの声」と「世界を少し複雑にしておくものとしての声」と両方があるなか、やはり応急措置的な感じで書いた。これは短編だからできたんです、そういうものなので。

それも、さっき言いました、長編で世界を作り上げる仕事とは別に、緊急に何かをするというのも、僕は文学というか作家の仕事としてあるべきじゃないのかと思ったので。それはけっこう評価されにくいし、みっともなく見えたり、馬鹿みたいに見えたりする。そのように見えるのが、かえっていいんじゃないかなと思って書いていました。

カタストロフ後のキャラクターたち

武田　今回、デビューから近年までの高橋さんの作家活動を振り返らせていただきましたが、著作の数はもちろん、その多彩さに改めて驚かされました。『恋する原発』と『さよならクリストファー・ロビン』の連作短編が同時期に書かれていたというのは、実際に両者を読み比べると、ほとんど信じがたいことです。しかし、そのどちらも、先ほど高橋さんの仰った「即応性」、すなわち状況への素早い応答としてあるということですね。

現在の問題への文学者としての介入、高橋さんにとって小説を書く原点である言葉への疑い、そしてメジャーなものとマイナーなもの、過去と現在、空想と現実、さらには生と死といった区別を超えて、歴史や世界の全体をいきいきと捉えようとする想像力、そういったさまざまな要素が化学反応して、高橋さんの多彩な作品が生まれているように思いました。

まだまだ伺いたいことはあるのですが、時間が来てしまいました。最後に『さよならクリストファー・ロビン』から一節、読んでいただいて終わりにしたいと思います。

＊29　『神様2011』　川上弘美が、東日本大震災により引き起こされた原発事故を受けて、「神様」（一九九八年）を描き直した作品。

高橋　じゃあ、老眼鏡を持ってきます。『さよならクリストファー・ロビン』はKindleに入れているので、こっちの方が活字が大きい。『さよならクリストファー・ロビン』は僕も好きな小説で、これの英語版をポール・オースター[*30]の横で朗読した。そのときiPadで読んだら、オースターが「iPadで朗読するのを見たのは生まれて初めてだ」と。『さよならクリストファー・ロビン』は、いま仰ったように、あるカタストロフ的な事件があって、フィクションの登場人物たちの世界がどんどん無に侵食されて、なくなっていきます。そして、その事件以降、本を読む人がいなくなるという。誰も虚構の人物たちのことを考えなくなったからだ、と。まあ、直接的には考えられますけど。そういう状況のなかで、プーさんの主人公たちが虚無と戦うという話です。その最後のところを読みます。

　最後に残ったのは、クリストファー・ロビン、きみとぼくだけだった。だから、ぼくときみは、力を合わせて、ふたりだけのお話を作り続けた。大好きだったものはほとんど消えてしまったけれど、ぼくたちは、手を携えて、この小屋に立てこもり、ドアのすぐ外にまで押し寄せてきた「虚無」と戦ったんだ。

　けれど、クリストファー・ロビン、きみも、ついに敗れ去る日が来た。

　楽しいお話をして、それぞれの部屋のベッドに戻ろうとした時だった。クリストファー・ロビン、きみはぼくにいったね。

「ねえ、プー」

「なんだい、クリストファー・ロビン」

「ぼくは、きみのことが大好きだ」

「ぼくもだよ、クリストファー・ロビン」

「プー。ぼく、もう、疲れちゃった」

「そうだね。きみは、ずいぶん頑張ったから」

「だから、プー、ぼくは、今日、なにも書かずに眠ろうと思うんだ。それは、いけないことだろうか」

「クリストファー・ロビン、きみが、そうしたいなら、そうすればいい。ぼくたちは、そんな風に生きてきたじゃないか」

「ありがとう。そして、ごめんね。ずっと一緒にいられなくて」

「いいんだ。いままで、ずっと一緒だったから」

「さよなら、プー」

＊30　ポール・オースター　一九四七年 - 。アメリカの小説家。小説に『シティ・オブ・グラス』、『リヴァイアサン』など。

「さよなら、クリストファー・ロビン」

そして、きみは、部屋に戻った。それから、ぼくがとった行動を、きみは許してくれるだろうか。ぼくは、自分の部屋の、自分の机に向かい、次の日のことを書いた。そこには、きみがもう書くのを止めた、きみのことを書いたんだ。

ぼくにも、なにが起こるか、予想することはできなかった。だって、書くことができるのは、自分のことだけのはずだったから。

クリストファー・ロビン、次の日、きみが再び、現れた時、ぼくは、心の底から嬉しかった。でも、不思議なことに、きみはすっかり変わっていた。なにもかも記憶を失い、ことばもしゃべらない、ひとりの、とても可愛い女の子になっていたんだ。

＊

ああ、ぼくは、少し眠っていたのかもしれない。最近、ぼくは、眠ってばかりいるような気がする。

クリストファー・ロビン、ぼくは、すっかり、老いさらばえてしまった。毛はほとんど抜けたし、手も脚も腰も痛い。きみのことを書くのが精一杯で、自分のことなど、忘れていたからなのかもしれない。

でも、もう、いいんだ。

ねえ、クリストファー・ロビン。もういってもいいよね、「疲れた」って。ぼく、ほんとうに疲れたんだ。

世界がこんな風になったのは、向こうの世界で（どんな世界か知らないけれど）、とんでもないことが起こったからだ、というやつがいた。だから、ぼくたちは、自分で自分のことを書かなきゃならなくなったのだと。そうなのかもしれない。でも、そんなことは、もうどうでもいいのだけれど。

クリストファー・ロビン、「外」を眺めているのかい。ただ、「虚無」しか見えないのに。でも、もしかしたら、きみには、もっと別のなにかが見えているのだろうか。

ぼくは、今晩、最後のお話を書くよ。そして、すべてを終わらせるんだ。それが正しいことなのか、ぼくにはわからない。でも、ただのクマとしては、頑張ったと誉めてほしいな。

ぼくが、最後に書くお話は、ぼくたちがいつも行った一〇〇エーカーの森のお話だ。一度、なくなったものは、戻っては来ないというから、もしかしたら、ぼくたちは、あの森には行けないかもしれない。だったら、ごめんね、クリストファー・ロビン。

でも、ぼくは、できるだけやってみるよ。

そして、もう一度、ぼくたちが、あの一〇〇エーカーの森に行けたら、あの、森のはずれの大きな木の下に行けたら、あの、ほんとうの美しい夕暮れを見ることができたら、ほんとうに嬉しいのにね。

もう、この世界には、ぼくたちしか存在していないのかもしれない。それは、とても寂しいことだね、クリストファー・ロビン。でも、それが運命だとするなら、ぼくたちは、受け入れるしかないのだ。

さあ、もう時間だ。ぼくは、部屋に戻るよ。きみも、自分の部屋へ行くんだ。もしかしたら、もうぼくたちは会えないのかもしれない。それでも、ぼくは、ぼくときみの最後のお話だけは書くつもりだ。

さよならクリストファー・ロビン。でも、ぼくは、もう一度、きみと会いたいな。あの木の下で。

武田　ありがとうございました。朗読が終わってしまうのが本当に惜しいような、いつまでも聞いていたいような物語でした。

質疑応答1　弱い父親への願望

――大学院の学生をしております。作品を書かれるときに、自分のなかの音楽を聞いて書かれるということがすごく印象的でした。作品を読んでいて思ったのは、父性というか、男性性を感じるなということでした。今日のお話でも、文学の役割を考えた上でのご自分の活動を大切に考えていらっしゃることを聞いて、そういった考え方自体も父性、男性性を感じると思いました。

それで、音楽を聞きながら作品を書くというときに、女性の声を聞いて、それを書いた経験はあるのでしょうか。高橋さんの作品を読んで、女性を描くのがすごく上手だなと思うんですけど、その反面、女性を主体にして考えるといった作業が小説のなかでなされているかというと、それはなされていないのかもしれないと感じたので、女性的な声を聞くことがあるのかについてお聞きしたいと思います。

高橋　いま仰られたことを聞いて、非常に複雑な気持ちがしました。というのは、僕のなかに父性があるだろうかということなんです。特に最近、子どものことを書くことが多いのですが、いま僕の子どもはけっこう年が若く、十歳と八歳なので、父性というよりも祖父性ですね。たしかに『さようなら、ギャングたち』にも子どもの話が出てきます。父親の視点もあると思いますが、僕は自分のなかでは、母性なのかなっていう気がします。というのは、どちらかというと、僕はいま、子育てしているときに、母性というか、もはやおばさんと化しているんじゃないか、と。これは話が長くなるんで端折りますけれど、僕は子育てをずっとしていて、替えたおむつの数が六千枚を数えたんです。毎日、子どものうんこを触るってことをずっとやっていると、男の考えがよくわかんなくなってきて、半分、おばさんみたいになってきてるんですね。

たぶん、父性的なものが、子どもに対する視点から感じられたのかもしれないです。ただ、たしかに父性的なものかもしれないけど、かつて日本文学が持っていた家長的な父親のような強いものではなくて、もっと弱い父親、そういうのに関するシンパシーが、僕のなかにもあるような気がします。

僕はいま、女性的であることがけっこう重要かなという気がしています。こっちはまた別の話なんですけど、戦後文学の研究を自分の趣味でというか、必要があってやっているんですが、長い間謎だったことがあって、それは戦争中、ほとんどの作家が書けなくなったなかで、太宰治と谷崎潤一郎だけが書いていた。二人の特徴は、女性になれるんですね。だから、これは母性とも違う。つまり、僕たちの性ではマッチョな価値観が主流だとしたら、マッチョじゃないものを、彼らは内面化できる人たちだったんですね。

僕のなかはけっこう混沌としているんですが、いわゆる家父長的な意味での父性へのシンパシーはない。ですから、おばさん化した父親。そこにはシンパシーがあって、そういう意味では、従来と違った父親的なものを僕のなかで求めているのかもしれない。弱い父親への願望みたいなのがあって、それがちょっと僕の作品を変えつつあるというのを、客観的に見ると感じます。

だから、父親でも母親でもないもの。何かそういうものが、たしかに自分のなかにある気がします。『日本文学盛衰史』にもありましたけども、後からやってくる世代への思いがあって、それは一見、父性的なものかもしれないんですが、やはり母親だって、そういう思いはあるだろう、と。ただ、父親の方がもう少し強く出るのかなとも思う。僕のなかで、これは非常に重大な問題として考えています。目指しているのは弱い父親。というか、実際もうすでに弱いんですけどね（笑）。

質疑応答2　デビュー前の仕事の経験

――大学の修士課程の一年生です。質問したいのは、作家として成功される前に、さまざまな仕事を経験されたと思うんですけども、そのなかで特に記憶に残っているものがありましたら、ぜひお聞かせ願えないでしょうか。

高橋　参考にしたい？　僕は三十一歳でデビューしているんですが、これは略歴にも書いていますが、十二年間ぐらい肉体労働をしていました。別にしたくてしたというよりも、本当は大学の四年のとき、経済学部だったんですが、大学院に行って、経済学の先生になって、その合間に小説を書こうという姑息なことを考えていたんです。

そして、もう亡くなりましたけども、経済学部の岸本重陳[*31]という先生について、「先生、大学院に行きたいんですよ」って言ったら、「じゃあ、この本読みなさい。まずは基礎から」と。それが全然わかんなくて。ちんぷんかんぷん。その先生は近代経済学とマルクス経済学、両方やっていたんです、計量経済学も。「先生、わかりません」と言ったら、「この本ならわかるから」と。うちへ帰って読んだら一ページ見て吐き気がしてきた。「先生、あれでも無理」。「じゃあ、一番わかりやすい本」。もうわかると思いますが、その本も開けた瞬間に閉じちゃった。

先生に「経済学って、やっぱり無理です」と言って、肉体労働して十年後にデビューするんですが、その五年後に岸本先生に会って、「あのとき、経済学は難しいと思いました」と言ったら、「そりゃそうだろう。君にあげた三冊、俺にもわかんないもん」って(笑)。「何で、そんなことするんですか」と聞いたら、「いや、君は本当は小説書きたかったんでしょう？大学院に残って大学の先生になったら、小説書けなくなると思ったから。俺は親切心でやったんだよ」。本当かなと思ったんです。

実はいろいろ考えたりもしたんです。肉体労働やっている間も、ある社団法人の試験を受けたんです。百倍のテストに受かって、最後、面接まで行って、そこで喋っているうちに、僕はけっこう形式についていけないいんですね。「これからどうする」、「いや、社会のために貢献して……」。言っているうちに泣きたくなってきて。「なぜ、うちに入ろうと思ったんですか」、「いや何となく」と。喧嘩を売ってやめちゃったんです。

結局、ずっと肉体労働だけしていました。さっきも言ったかもしれませんが、ぎっくり腰になっていなかったら、そのままずっと続けていたかも。それはそれで幸せな生活だったでしょう。毎朝早く起きて、一日肉体労働して、うち帰って焼酎飲んで寝ると。本は六年ぐらい一冊も読まない。でも、どこか自分のなかで、それだけじゃ何か違うよねと思ったかもしれません。要するに、何をやってもいいんです。最終的には、自分の声を聞くところかな。「何か違う」って言われたら、その声を聞く。自分の声が聞こえなくなっているときはやばいですね。

だから、うちのゼミにも肉体労働やってる子いますけど、それはそれでいいと思います。健全な肉体に、健全な精神ですね。ただ、健全な精神があると困ったりする場合もあるんですが。つまり、何をやってもマイナスになることはないと思います。どんな仕事も役に立ってないことはないですね。その結果、自分ができて、そのときの自分の声が聞ければ。なので、自分の声が聞こえる間は、何をやっても、そのときの自分がいるだけです。肉体

＊31　岸本重陳　一九三七‐九九年。経済学者。元横浜国立大学教授。著作に『「中流」の幻想』など。

労働をやってみるといいですよ。楽しいです。ご飯おいしいから。

質疑応答3　書いているときに音楽が聞こえる

――大学三年生です。小説を書いているときに音楽が聞こえてくるという話で思い出すことがあったんです。以前、金井美恵子さんは「小説を書くときには書く行為のなかに入ってしまうようで怖い」と言っていました。村上春樹さんがやはり、小説を書くときのことを「リズム」という言葉を使って説明されていました。ただ、春樹さんの「リズム」というのは、高橋さんの「音楽」とまた違うかなと思ったんです。つまり、春樹さんの方はおそらく文体とかを言っていて、高橋さんはどちらかというとインスピレーションのようなことを仰っているのかなと。音楽的な比喩を使って、文学的なことを言う点で共通していて印象的でしたが、それが何でなのか。また、お二人ともジャズであったり、ビートルズであったりを聞いたことが影響しているのか、それ以外に何かあるのか伺えればと思います。

高橋　たぶん作家のみなさんは、それぞれ違った言い方で同じことを言っているのかもしれないと思うんですね。僕は「音楽」ですが、別に本当に聞こえているのではないです。音楽を聞いているような状態になっている、と。非常にいい状態ですね。音楽が聞こえているというのは、意味にとらわれていないことだよね。ある自動的な流れのなかにいる。つまり、自分がいない。でも、無になっているわけじゃないんですね。もっと自分を超えている大きなもののなかに入っていて。しかし、目は覚めている。夢のなかにいて目が覚めているような状態で。

だから書くときも、こういう話だとかこういう意味だっていうんじゃなくて、音楽が聞こえているんで、それに合わせて言葉を繰り出していけばいい状態があります。そのことを「音楽を聞いている」とか、「リズムに乗っている」とか、人によっていろんな言い方をしています。たぶん、そういう状態に芸術表現をやっている人はなるのだと思います。もう一つ別の言い方をすると、音叉のチーンっていう音がする。チューニングされて、正しい音はこうなっているというのがわかるわけですよ。自分で書きながら、意味に依拠していない。だから、変な話、正しいことが書けている状態になっている。これはやっぱりある種の音楽的状態と言うしかないです。本当に音楽をやっているときっていうのは、たぶんそういうもんじゃないのかな。ジャズミュージシャンが長いインプロビゼーションをやっていると、上手くいくときといかないときがあるんだそうです。上手くいっているときは、永遠にできそうな気がする。それは何かあるいいものに辿り着いて、その状態を持続させることができる。

だから、そういう意味では、書くことは音楽的な何かと思います。その音楽的状態は意図しても作れなくて、助走期間があります。助走のままで終わるときもあるが、上手くいくときもある。そうなると、書いているのもとても楽しい。でも、たえずあるわけじゃないですね。

（二〇一五年二月一八日、東京大学本郷キャンパス 情報学環福武ホールにて収録）

＊インタヴュー動画は、次のウェブサイトよりご覧いただけます（一部有料）。
［飯田橋文学会サイト］
http://iibungaku.com/news/1_2.php
［noteの飯田橋文学会サイト］
https://note.mu/iibungaku/n/n203adfe39fca?creator_urlname=iibungaku

関連年譜

一九五一年（〇歳）　一月一日、広島県尾道市に生まれる。長男として誕生。二歳下の弟がいる。

一九六六年（一五歳）　灘高校に入学。中学・高校時代に現代詩に惹かれ、ジャズ、映画、演劇に関心を抱く。

一九六九年（一八歳）　横浜国立大学に入学。学生運動に加わり、経済学部に八年在学したが、期間満了で除籍される。

一九七〇年（一九歳）　東京拘置所に拘置される。この間、「失語症」にかかる。

一九七一年（二〇歳）　この年、結婚。

一九七二年（二一歳）　土木作業現場でアルバイトを始める。以後十年間、小説家になるという素志を捨てずにいたが、書くことや読むことが思うにまかせず、肉体労働に従事する生活が続いた。この年、女児誕生。離婚と結婚。

一九七三年（二二歳）　男児誕生。

一九七八年（二七歳）　この頃、執筆を再開。

一九八〇年（二九歳）　この年、離婚。

一九八一年（三〇歳）　「すばらしい日本の戦争」（後に手を入れて『ジョン・レノン対火星人』に）で群像新人文学賞最終候補。「さようなら、ギャングたち」が第四回群像新人長編小説賞優秀作（受賞作なし）に選ばれデビュー。

一九八二年（三一歳）　『さようなら、ギャングたち』（講談社）を刊行。

一九八四年（三三歳）『虹の彼方に（オーヴァー・ザ・レインボウ）』（中央公論社）。

一九八五年（三四歳）『ジョン・レノン対火星人』（角川書店：以上、初期三部作）。

一九八六年（三五歳）山川直人監督『ビリィ★ザ★キッドの新しい夜明け』の原案・脚本。

一九八八年（三七歳）J・マキナニー『ブライト・ライツ・ビッグ・シティ』（新潮社）を翻訳。『優雅で感傷的な日本野球』（河出書房新社）で第一回三島由紀夫賞。『サンケイスポーツ』の競馬予想コラムを担当。以後、競馬関係の連載が増える。この年、すばる文学賞（第一二—一五回）の選考委員となる。

一九九〇年（三九歳）『惑星P‐13の秘密』（角川書店）。

一九九一年（四〇歳）一月、多国籍軍によるイラク空爆（湾岸戦争）。二月、柄谷行人、中上健次、島田雅彦、田中康夫らと声明「私は、日本国家が戦争に加担することに反対します」を発表。

一九九二年（四一歳）「ゴーストバスターズ」第一部発表（『群像』臨時増刊『柄谷行人&高橋源一郎』）。この年、三島由紀夫賞（第五—八回）の選考委員となる。

一九九四年（四三歳）この年、群像新人文学賞（第三八—四〇回）の選考委員となる。

一九九五年（四四歳）一月、阪神・淡路大震災。三月、地下鉄サリン事件。

一九九七年（四六歳）「日本文学盛衰史」連載開始（『群像』一九九七年五月—二〇〇〇年一一月）。『ゴーストバスターズ——冒険小説』（講談社）を刊行。これを機に完璧を追求する創作姿勢に区切りをつけ、精力的に複数の連載に取り組む。

一九九八年（四七歳）五月、父が亡くなる。一一月、胃潰瘍による大量出血で救急搬送される（「原宿の大患」）。

二〇〇〇年（四九歳） 男児誕生。

二〇〇一年（五〇歳） 『日本文学盛衰史』（講談社）を刊行。九月、アメリカで同時多発テロ。この年、離婚。

二〇〇二年（五一歳） 『日本文学盛衰史』で第一三回伊藤整文学賞。一二月、母が亡くなる。

二〇〇三年（五二歳） この年、結婚。

二〇〇四年（五三歳） 男児誕生。

二〇〇五年（五四歳） 明治学院大学国際学部教授に就任。中原中也賞（第一一回—）の選考委員となる。

二〇〇六年（五五歳） 萩原朔太郎賞（第一三回—）の選考委員となる。男児誕生。

二〇〇九年（五八歳） 「日本文学盛衰史　戦後文学篇」連載開始（『群像』二〇〇九年一〇月号—二〇一二年六月号：途中二〇一一年七月号から二〇一二年二月号まで休載。二〇一一年一一月号に「恋する原発」掲載）。

二〇一〇年（五九歳） 「さよならクリストファー・ロビン」（『新潮』一月号：同誌二〇一一年一二月号「ダウンタウンへ繰り出そう」までを短編集『さよならクリストファー・ロビン』に）。

二〇一一年（六〇歳） 三月、東日本大震災。『恋する原発』（講談社）。朝日新聞論説面に『論壇時評』を月一回連載（二〇一一年四月—二〇一六年三月）。

二〇一二年（六一歳） 『さよならクリストファー・ロビン』（新潮社）で第四八回谷崎潤一郎賞。

二〇一三年（六二歳） 『銀河鉄道の彼方に』（集英社）。

二〇一四年（六三歳） 『動物記』（河出書房新社）。

二〇一五年（六四歳） 『ぼくらの民主主義なんだぜ』（朝日新聞出版）。

著作目録

小説

『さようなら、ギャングたち』講談社、一九八二年／講談社文芸文庫
『虹の彼方に』中央公論新社、一九八四年／講談社文芸文庫
『ジョン・レノン対火星人』角川書店、一九八五年／講談社文芸文庫
『優雅で感傷的な日本野球』河出書房新社、一九八八年／河出文庫
『ペンギン村に陽は落ちて』集英社、一九八九年／ポプラ文庫
『惑星P-13の秘密——二台の壊れたロボットのための愛と哀しみに満ちた世界文学』角川書店、一九九〇年／角川文庫
『ゴーストバスターズ——冒険小説』講談社、一九九七年／講談社文芸文庫
『あ・だ・る・と』主婦と生活社、一九九九年／集英社文庫
『日本文学盛衰史』講談社、二〇〇一年／講談社文庫
『ゴヂラ』新潮社。二〇〇一年
『官能小説家』朝日新聞社、二〇〇二年／朝日文庫
『君が代は千代に八千代に』文藝春秋、二〇〇二年／文春文庫
『性交と恋愛にまつわるいくつかの物語』朝日新聞社、二〇〇五年／朝日文庫
『ミヤザワケンジ・グレーテストヒッツ』集英社、二〇〇五年／集英社文庫
『いつかソウル・トレインに乗る日まで』集英社、二〇〇八年

『「悪」と戦う』河出書房新社、二〇一〇年／河出文庫
『恋する原発』講談社、二〇一一年／河出文庫
『さよならクリストファー・ロビン』新潮社、二〇一二年
『銀河鉄道の彼方に』集英社、二〇一三年
『動物記』河出書房新社、二〇一五年

評論・随筆など

『ぼくがしまうま語をしゃべった頃』宝島社、一九八五年／新潮文庫
『ジェイムス・ジョイスを読んだ猫』講談社、一九八七年／講談社文庫
『文学がこんなにわかっていいかしら』福武書店、一九八九年／福武文庫
『追憶の一九八九年』スイッチ書籍出版部、一九九〇年／角川文庫
『競馬探偵の憂鬱な月曜日』ミデアム出版社、一九九一年
『文学じゃないかもしれない症候群』朝日新聞社、一九九二年／朝日文庫
『競馬探偵のいちばん熱い日』ミデアム出版社、一九九三年
『文学王』ブロンズ新社、一九九三年／角川文庫
『平凡王』ブロンズ新社、一九九三年／角川文庫
『正義の見方——世の中がこんなにわかっていいかしら』徳間書店、一九九四年
『競馬探偵の逆襲』ミデアム出版社、一九九五年
『これで日本は大丈夫——正義の見方2』徳間書店、一九九五年

『競馬漂流記』ミデアム出版社、一九九六年
『こんな日本でよかったら』朝日新聞社、一九九六年
『タカハシさんの生活と意見』東京書籍、一九九六年
『いざとなりゃ本ぐらい読むわよ』朝日新聞社、一九九七年
『文学なんかこわくない』朝日新聞社、一九九八年／朝日文庫
『即効ケイバ源一郎の法則――勝者のセオリー・敗者のジンクス』青春出版社、一九九八年
『競馬探偵T氏の事件簿』読売新聞社、一九九八年
『退屈な読書』朝日新聞社、一九九九年
『もっとも危険な読書』朝日新聞社、二〇〇一年
『一億三千万人のための小説教室』岩波新書、二〇〇二年
『人に言えない習慣、罪深い愉しみ――読書中毒者の懺悔』朝日文庫、二〇〇三年
『私生活』集英社インターナショナル、二〇〇四年
『読むそばから忘れていっても――1983‐2004 マンガ、ゲーム、ときどき小説』
平凡社、二〇〇五年
『ニッポンの小説――百年の孤独』文藝春秋、二〇〇七年／ちくま文庫
『おじさんは白馬に乗って』講談社、二〇〇八年
『大人にはわからない日本文学史（ことばのために）』
岩波書店、二〇〇九年／岩波現代文庫
『13日間で「名文」を書けるようになる方法』朝日新聞出版、二〇〇九年／朝日文庫

高橋源一郎

『さよなら、ニッポン――ニッポンの小説2』文藝春秋、二〇一一年
『「あの日」からぼくが考えている「正しさ」について』河出書房新社、二〇一二年
『非常時のことば 震災の後で』朝日新聞出版、二〇一二年
『国民のコトバ』毎日新聞社、二〇一三年
『ぼくらの文章教室』朝日新聞出版、二〇一三年
『101年目の孤独――希望の場所を求めて』岩波書店、二〇一三年
『還暦からの電脳事始(デジタルことはじめ)』毎日新聞社、二〇一四年
『「あの戦争」から「この戦争」へ――ニッポンの小説3』文藝春秋、二〇一四年
『デビュー作を書くための超「小説」教室』河出書房新社、二〇一五年
『ぼくらの民主主義なんだぜ』朝日新書、二〇一五年
『丘の上のバカ――ぼくらの民主主義なんだぜ2』朝日新書、二〇一六年
『読んじゃいなよ!――明治学院大学国際学部高橋源一郎ゼミで岩波新書をよむ』岩波新書、二〇一六年

翻訳

ジェイ・マキナニー『ブライト・ライツ、ビッグ・シティ』新潮社、一九八七年/新潮文庫
リチャード・ブローティガン『ロンメル進軍――リチャード・ブローティガン詩集』思潮社、一九九一年
マーカス・フィスター『こっちをむいてよ、ピート!』講談社、一九九五年

ジョン・ロウ『あかちゃんカラスはうたったよ』講談社、一九九六年
マーカス・フィスター『ピートとうさんとティムぼうや』講談社、一九九六年
ラドヤード・キプリング文、ジョン・ロウ絵『アルマジロがアルマジロになったわけ』講談社、一九九八年
ジョン・ロウ『まっくろスマッジ』講談社、二〇〇〇年

＊原則として単独著・訳を示す。編著、共著は割愛した。
＊著作は、『書名』出版社、出版年／最新の文庫を示す。
＊講談社文芸文庫などを参考にした。

（作成・編集部）

インタヴューを終えて

言葉を疑いつつ応答する作家

高橋源一郎という作家は、多くのエッセイで自分の人生について語っているし、講談社文芸文庫の巻末や、『現代詩手帖』の『特集版　高橋源一郎』（思潮社、二〇〇三年）には、詳しい年譜・書誌も掲載されている。しかし本企画は、作家自身が自分の履歴を振り返る映像を記録することに重きを置いているので、他の媒体で発表している事実もあえて話していただいた。この点、高橋ファンの方にはご寛恕いただきたい。逆に言えば、高橋作品に詳しくない読者にも開かれた内容になっているはずである。

本インタヴューで、高橋さんは一九七八年ごろに「青春政治小説」を執筆し、群像新人長編小説賞に応募したと語っている。既存の年譜では、「失語症」と呼ばれる状態から恢復し、書くことを再開したのが一九七九年とされているので、これは新しい情報かもしれない。また、デビュー前に村上春樹の群像新人文学賞受賞作『風の歌を聴け』を読んでショックを受けた話は、すでに『文藝』二〇〇六年五月号の高橋源一郎特集に載っているが、本インタヴューでは春樹と自身との似て非なる点についてもお話しいただいた。

その『風の歌を聴け』の二年後、一九八一年に高橋さんは『さようなら、ギャングたち』でデビューしたが、この前後には村上龍（『限りなく透明に近いブルー』一九七六年）と島田雅彦（『優しいサヨクのための嬉遊曲』一九八三年）も登場し、日本の文学は戦後文学から現代文学へと急速な変貌を遂げる。しかし、とりわけ高橋源一郎と『さようなら、ギャングたち』は、既存の文学を軽やかに逸脱し、日本語の表現に新しい魅力をあたえる画期的な存在だったと思う。

その『さようなら、ギャングたち』が、どの文学作品よりもゴダールの『気狂いピエロ』の影響を受けているというのは、腑に落ちる話だった。ギャングが登場するといった物語の類似もさることながら、言葉と映像と音をいったんバラバラにして、意味を削ぎ落としてからあえて乱雑に組み直し、スピード感のある表現を生み出すゴダールの手法と、高橋さんの初期三部作の雰囲気には、たしかに共通点が感じられるからだ。ただし、それを映画ではなく、もっぱら言葉に頼る（それだけ意味に束縛される）文学でおこない、しかも長篇にまとめあげるのは並大抵のことではない。ところが、『さようなら、ギャングたち』をたった二ヶ月で書いたというのだから、これを天才的と言わずして何と言うべきだろうか。

しかし高橋さんは、鷗外や漱石といった、天賦の才に恵まれた文豪よりも、二葉亭四迷のような「作家になれなかった人」に共感を覚えるという。もっとも、これは才能の乏しい人物への同情ではなく、むしろ書くことの意味を根源的に考えればこそ容易に書けない四迷の姿を、自身に重ね合わせているからだろう。この背景に、デビュー前の失語症や、『ゴーストバスターズ』執筆時のスランプといった実体験があるのは、想像に難くない。つまり、四迷と同様、高橋さんも言葉と自己を疑い、批評しながら書く運命を背負っている。

その意味で、高橋源一郎は批評的な作家といえる。また、今回は話題にできなかったが、多数の評論を書かれてもいる。けれども、本インタヴューで高橋さんは、9・11や3・11の危機に際して、あえてシンプルに状況への違和感を表明することを、批評よりも文学の仕事と位置づける。思えば高橋さんは、批評理論・現代思想の流行した八〇年代にあっても、ジャーゴンに頼ることなく難解な思想書を解きほぐし、複雑な現代文学を紹介していた。つまり彼は、ポストモダンの申し子のようでありながら、ポストモダンの言葉に追従しなかった。それゆえに、ポストモダニズムの流行が去っても、文学の最前線で活躍できるのだろう。高橋さんにおいて、時代に応答することは、時代に流されない自己を持ち続けることと重なっている。『さよならクリストファー・ロビン』をめぐる話からも、それは伝わるだろう。

最後に、個人的なエピソードを披露するのをお許しいただきたい。大学受験が終わった直後、その足で京都大学の前の春琴堂書店（今はなくなってしまったが）に立ち寄り、『ジョン・レノン対火星人』を手に取ったことは、私にとって決定的な体験だった。「受験戦争」という言葉が使われていた時代、その状況に疑問を抱きながら、社会の階段を登るためのゲームとして勉強を引き受けていた私にとって、高橋源一郎の言葉は、つまらない拘束から解き放たれた輝きに満ちていた。その光の方向に進むうちに、私は文学を研究する人間になっていた。

ゆえに今回のインタヴューは、私にとって原点へと回帰する経験だった。朗読を三回も頼むという、いま思えば極めてずうずうしいお願いを快諾してくださり、長年のファンゆえに緊張していた私の拙い質問を豊かに膨らませ、すばらしい応答をしてくださった高橋さんに感謝します。

武田将明

✷

Takeda Masaaki

一九七四年、東京都生まれ。京都大学文学部卒。東京大学大学院人文社会系研究科を経て、ケンブリッジ大学でPh.D.取得。法政大学文学部専任講師、准教授を経て、二〇一〇年から東京大学大学院総合文化研究科准教授。専門は英文学（一八世紀イギリス小説）。二〇〇五年に日本英文学会新人賞佳作、〇八年に「囲われない批評――東浩紀と中原昌也」で群像新人文学賞評論部門を受賞。著書に『『ガリヴァー旅行記』徹底注釈 注釈篇』（共著）、「小説の機能」（『群像』連載）、訳書にサミュエル・ジョンソン『イギリス詩人伝』（共訳）、デフォー『ロビンソン・クルーソー』、同『ペストの記憶』、ハニフ・クレイシ『言葉と爆弾』などがある。

老年への急坂で書いたものに、私のものが煮詰まっている

古井由吉

✷

『辻』
（2006）

『白暗淵』
（2007）

『やすらい花』
（2010）

［聞き手］
阿部公彦

古井由吉 ✷

Furui
Yoshikichi

一九三七年、東京都生まれ。東京大学大学院修士課程修了（独文科）。大学教員となり、ブロッホなどを翻訳。七〇年、大学を退職。七一年「杳子」で芥川賞を受賞。黒井千次、高井有一などと〈内向の世代〉と称される。八〇年『栖』で日本文学大賞、八三年『槿』で谷崎潤一郎賞、八七年「中山坂」で川端康成文学賞、九〇年『仮往生伝試文』で読売文学賞、九七年『白髪の唄』で毎日芸術賞を受賞。小説に『楽天記』『忿翁』『野川』『雨の裾』など、評論・随筆に『詩への小路』『神秘の人びと』『人生の色気』など、訳書にブロッホ「誘惑者」、ムージル「愛の完成・静かなヴェロニカの誘惑」などがある。

「僕にとって一番節目だった」

阿部　今日の会場は東京大学総合図書館ですが、古井さんはたしか東大は久しぶりではないということでしたね。

古井　はい。学問とか文学のために来るのは久しぶりですね。だいたい病院のために来ることが多いんですよ。三年前にある催し物でこちらに招かれまして、そのときが久しぶりでした。階段教室でしたが、初めて下の檀に来て、人様に向かって話す立場になって、よくわかりましたよ。さぞや聞いている人は眠たいだろうなって（笑）。だけど、講義でも半分朦朧としながら聞いていた方が、どこか心に染み込んでいるようですね。

阿部　いま、そう仰ってますけれども、古井さんは実は話芸でもたいへん有名なのです。古井さんというと、文章が緻密で彫琢を極めておられるので書き言葉の方と思われる人が多いかもしれませんが、講演も素晴らしい。前回の東大での講演[*1]はネット上でも見られるので、ぜひご覧になってください。「東大TV　古井由吉」と検索すると出てきます。

かつて「風花」という新宿の文壇バーで、かなり長期間にわたって朗読会[*2]というんでしょ

＊1　**東大での講演**　二〇一二年一〇月二〇日ホームカミングデイ文学部企画。古井由吉「講演　翻訳と創作と」http://todai.tv/contents-list/sessions/homecoming-letters/v2g684

＊2　**「風花」という[…]朗読会**　二〇〇〇年から一〇年にかけて、古井由吉が「風花」を舞台にホスト役を務めた朗読会。

うか、ゲストをお迎えして古井さんとお話しになるという趣向での会が続いていたということです。

古井　そうじゃなくてね、それぞれに朗読していただくんです。二人か三人。一年に三回か四回。それで十年、三十回ぐらい続きました。

阿部　そうですか。実は、今回選んでいただいた作品のなかでも、落語の話なども出てきますが、お話になるときの間というんでしょうか、それが先回の講演のときも非常に見事で、それこそ「古井節」を話芸としてその場に生み出す。そういうような話の術を持っていると知って、私もすごく興味を持ちました。今日は古井さんにご自身の作品と、その執筆過程などについてもお話を伺いたいと思っています。

今回の企画の一つの柱として、ご自身の作品を三作挙げていただくのですが、古井さんが選んでくださったのが『辻』、『白暗淵』、それから『やすらい花』です。実はその三作をアナウンスしたら、ちょっとどよめきが起きてですね。というのは、その三作品はごく短い期間で書かれた作品ですよね。古井さんのファンにとっては、例えば『槿』や『杳子』など、以前の作品をよく知っているという方もいらっしゃる。でも、あえてこの短期間の、数年の間の三作を選ばれたというのはどうしてなのでしょうか。最初にそのことからお伺いします。

古井　本来なら、若いときの作品を一篇と、それから中年に入ってからのが一篇、それから老年にさしかかったのが一篇、それぞれエポックというものが個人なりにありますから、それを挙げればいいようなものです。ただ、何て言いますかな、老年への急坂で書いたものに、どうも私のなかのものがかなり煮詰まっているんじゃないか。そのなかにはもちろん老年もあるけど、初老も中年も青年も少年もあるように思ったんです。

もしこれを読んでいただいて、中年の頃、若い頃にどんなものを書いていたかと関心を持ってくださる人もおられるだろうし。それから若い頃の私の作品を読んでいて、「ああ、いまこんなもの書いてやがるか」と、そう思ってくださる人もおられるでしょう。

この時期が、僕にとって一番の節目だった。節目がこんな後に来るから不思議ですよね。六十歳の後半から七十歳の頭にかけての三作です。ちょうど二年に一本ぐらいのものでしょうか。

阿部　そうですね、『辻』が二〇〇六年、『白暗淵』が二〇〇七年、『やすらい花』は二〇一〇年です。いま、「節目」ということを仰ったんですが、これはぜひ伺ってみたい

『槿』
（福武書店、一九八三年／講談社文芸文庫、二〇〇三年）

『杳子・妻隠』
（河出書房新社、一九七一年／新潮文庫、七九年）

ですね。今日、会場に来てくださった方々は古井ファンも多いと思います。そんなわれわれも、古井さんの節目というのはこうだろうなと、外側から思うところはあるんですね。

例えば、もともとドイツ文学を研究されていて、研究者になる道を歩んでおられた。それが小説を発表され始めて、立教大学の職をスパッとお辞めになりますよね。いまでも割と両方、つまり大学で教えながら作家を続ける方もいると思うんですが、古井さんのなかではそういう選択肢はなかったということでしょうか。

古井　おそらく僕はいられなかったんじゃないかしら。ものを書いていればそっちの方に淫して、やがては大学の仕事をおろそかにするに決まっている。たぶん、いられなかったんでしょう。

というのも、学者の資質ではなかった。本を読むのは好きだけど、何分にも記憶力が弱いんですよ。だから同じものを何年か隔てては読んで、そのつど、まるで初めて読むような気になる。そういう読書の仕方だから、研究者としてはやっぱり記憶とデータが乏しくなる。すると、なかなかいい論文も書けない。そういう質《たち》なもので。学問の方は行き当たりばったりじゃ困るでしょう。

阿部　うーん、どうですかね。

言葉から音律が失せていくこと

阿部　今日、この会場に来られた皆さんのなかにも、文学と学問の両方の道に足を突っ込んでいるという方もおられると思います。その辺をどう考えるかというのは興味深いです。学問の道はお辞めになったわけですが、その後、翻訳はしばらく続けられたのですか。

古井　翻訳はね、しばらくやりませんでした。若い頃に訳したムージル[*3]を翻訳し直しただけです。もう一度翻訳をしたのは、六十歳過ぎですね。リルケ[*4]の『ドゥイノの悲歌』です。何であういうことになったのか、いまでも自分で首を傾げていますけど。

阿部　大江健三郎さんとの対談で、小説を書く人間にとって、外国語の詩の翻訳は危険で

＊3　**ロベルト・ムージル**　一八八〇‐一九四二年。オーストリアの小説家。作品に『三人の女』、『特性のない男』（未完）など。古井由吉訳として、「愛の完成」「静かなヴェロニカの誘惑」（『世界文学全集　第49　ムージル』筑摩書房、一九六八年）。後に『愛の完成・静かなヴェロニカの誘惑』（岩波文庫、一九八七年）。

＊4　**リルケ**　一八七五‐一九二六年。オーストリアの詩人、作家。作品に『マルテの手記』（小説）、『オルフォイスへのソネット』（詩集）など。古井由吉『詩への小路』（書肆山田、二〇〇六年）に、リルケ『ドゥイノの悲歌』の翻訳を収録。

あるということを仰[*5]っています。それは、翻訳をやらなくなってしまったことと多少関係があるのでしょうか。

古井　若い頃にムージルを翻訳していましたが、そんなに読み込めるわけじゃないんですよ、あの歳ではね。それに難解な小説でしょう。そのとき、意味をはずすまいとして意味の方に神経がいく。するとね、意味のことばかり考えて、読んでいるうちはいいけれど、日本語に訳すときに何か間違いが出るんですよ。

意味というのは、はたして「論理」だけに運ばれているものか。そうではなく、「音律」にも運ばれているんじゃないか、と。日本語に訳すというのは、もう一度歌い直すようなものでしょう。音律に乗るか乗らないか。これで苦労しすぎて、とうとう学問の道から逸れてしまった。

リルケを訳したときにもそうでした。作家といっても、もう近代になってからは、決して自分で声に出して読むようには書いていませんね。それは近代の一つの必然の傾向ではあろう。だけど、「文学」というようなもっと広くとった場合、歌というか歌謡とも強く結びついている。にもかかわらず、そういう伝統から別れなくてはならない。論理の方にいく。それは精神的な覚悟としてはよろしいんだけど、そのとき言葉に力がなくなるんじゃないか。言葉に歴史を通して籠った力、それに見捨てられるんじゃないか、と感じました。

僕が作家をやりながら、もう三十、四十、五十年近く、いつも危機と感じたのはそれです。

このまま自分のやり方を推し進めていくと言葉を失うのではないか。つまり、書けなくなるのではないか。あるいは、書いてもこれが恣意と感じられるのではないか。それからだんだんに、言葉の論理と音律を二つながら踏まえるという道を模索していた。その一番きつい曲がり目とか坂道というのが、今回選んだ三作です。何とか意味に声が伴うようになってきた頃の作品なんです。

＊5　**外国語の詩の翻訳は危険である**　「経験して感じたのは、小説を書く人間が外国の詩を読んだり、まして翻訳したりするのは危険だということです。そんなことをすれば自分の日本語を失うかもしれない。ようやく束《つか》ね束《つか》ね小説を書いてきた自分の日本語が崩れて、指のあいだからこぼれ落ちる恐れがある。還暦も過ぎて何をやっているのか、何度もこんなことはもうやめようかと思いながら読んできました。

　しかし、読んでいるうちに、束《つか》ねるも崩れるも同時のことなんじゃないかと思ったんです。つまり言葉というのは、すっかり束《つか》ねて畳んでこれでおしまいというものではない。のべつ束《つか》ね、のべつこぼれるものである。そう悟ったときに、「外国の詩を読んでたほうが小説家として少なくとも驕りはなくなるだろう」と覚悟を決めたのです」（大江健三郎・古井由吉『文学の淵を渡る』（新潮社、二〇一五年、一四一 - 一四二頁）

『文学の淵を渡る』
（大江健三郎との共著、新潮社、二〇一五年）

阿部　なるほど。いま思い出したことがあったので伺いますが、これも大江さんとの対談のなかで、若い頃の三十代とかの作品は、出だしを読むと音律が聞こえてくる。けれども、その音律がだんだん作品のなかで変わっていくんだと。ところが、もっと若い頃の作品を読むと、一つの音律でずっと行くんだと仰っていて、そこがすごく面白いなと思いました。[*6]

古井　そうですね、若い頃は体力、気力ということもあるけれども、何か古いものに通じたものが直に出てくるところがあるんじゃないかしら。だから、一つの音律でもって作品の頭から最後まで押し通していく。それが中年になるとできなくなる。老年になって、またそれを取り戻そうとする。老年になってやることは、青年のやることとまた違ってきますけどね。

阿部　古井さんはエッセイも書かれています。小説を書かれる方でエッセイはあまり書かないという方もおられますけど、古井さんは全くそういうことは気にせずに、たいへん面白いエッセイをたくさん書かれています。

そのなかで重要な作品ではないかと思うものに、『言葉の呪術』という、初期のエッセイがあります。そこで古井さんは、近代の言葉というのは透明になろうとしているけれども、かえってそのせいで虚構と現実の間のずれをより大きく背負い込むことになっている。その一方で、小説というのは、言葉の呪術的なものが聞こえてくる。つまり、透明になりきれるという幻想だけでいくのではない書き方があるというようなことを仰っていた。そ[*7]のことと、いまの音律や遠い古いものに身を任すというのは、つながっているのでしょうか。

＊6　**若い頃の［…］一つの音律でずっと行くんだ**　「僕はここ二、三十年、短篇を書くときは、まず音律が聞こえる気がするところから書き始め、しばらく書くと、それが尽きる。また次の音律が聞こえるまで待つ、ということを繰り返します。四十歳頃の作品でも、一篇の内にも音律が何色かあるんです。

　ところが、三十代はじめの最初期の短篇を読むと、驚くことに一篇を一つの音律で押し通してる。これは意外でした。はじまりに自分の正体が出てるんじゃないか。その正体をさまざまに表すために、自分は長い間やってきただけなんじゃないか。年を取るにつれて正体を見失い、見失うことを表現の原動力にしてやってきただけなんじゃないか。そう感じて唖然としました」（大江・古井『文学の淵を渡る』一二二頁）

＊7　**透明になりきれる［…］書き方がある**　「これも新参者の感想であるが、日本の近代小説がひたすら育ててきたのがこの感じ方であるような気がする。つまり最小限に切りつめられた虚構と、生の現実との間の微妙な相互作用への感覚である。この場合、私の言う虚構とはまず文体のことである。文体こそ虚構の最たるものだと私は考える。もっと厳しく考えれば、書くことがすでに虚構とも言える。この意味で私小説風の行き方は、虚構を排するというよりは、虚構というものを、ただ《書き表す》こと自体の虚構にまで純化して、現実と虚構とのかかわりを露わなかたちで見つめたいという志向であるように私には思える。《透明な文章》などという通り言葉があって、倫理性の証しと考えられているようだが、考えようによっては、大がかりに虚構を展開させるよりは、はるかに深く虚にかかわる」（古井由吉『言葉の呪術』作品社、一九八〇年、一一一－一一三頁）

『言葉の呪術――全エッセイⅡ』
（作品社、一九八〇年／『招魂としての表現』福武文庫、九二年）

古井　そういう暗い陰湿なもの、訳のわからないものというのは、声に出やすいんですよね。声に残りやすい。言葉の意味の方は概念として変遷していくでしょう。そのつど輪郭を絞られる。けれど、感情を表す言葉、あるいは接続の仕方、決まった言葉であってもそれに感情が相当含まれる。その意味の広がり、深み、それから意味の展開の仕方もどこか音声的なんですよ。これを失うと、なかなか文章が続けられない。

　これはね、ものを書くのに苦しんだ方ならおわかりになると思うけど、もうかなり書き慣れたと自負する頃に、ある日、あるセンテンス、次のセンテンスが全くつなげない。あるいは、つないだけど、このつないだ必然性は何だったのかとこだわる。俗に「一行も書けなくなる」って言うけど、これは決して比喩じゃないんですよ。そのときに書いているもののなかに、音律が絶えているんですよ、音律の流れがね。そういう危機を、ものを書く人間は一作ずつ、あるいは一作のなかでもその節目節目で踏んでいるんだと思います。

　しかし、世の傾向として言葉からいよいよ音律が失せていく。そのとき意味や論理を保つのも難しくなるのではないか。数式や数字で表せる認識ならともかく、そうでない認識というのは情念を含んでいるものでね。情念の方が基底部になっているので、それを抜いて表面だけで受け取ると、本当のこととずれが出てくる。その基底部の情念を表す言葉というのはなかなか難しい。そのつど自分の奥から引っ張り出してくるような、しばしば見つからないこともありますが、そういうものじゃないかと思うんです。

小説と歌の力

阿部　先ほど翻訳はある時期ずっとしなくなって、六十歳を超えてから再開されたという話が出ました。それからもう一つ、最近あらためて詩に関わる機会が増えておられるという印象を私は受けています。それらのことは、たぶん重なると思うのですが。

今回挙げられた作品の一つは、『やすらい花』です。私は非常に印象に残った作品なのですが、冒頭の「やすみしほどを」では、連歌[*8]の独吟ということをされています。これは他の作品にはない、ちょっと珍しいやり方という印象を受けたんです。いま仰ったような感情の力、あるいは感情に迫る言葉の力と、この連歌の独吟があって周りに散文が拮抗するかたちであるということは何か面白い関係だと思うんです。これは、いまの話と関連しますか。

古井　もちろん関連します。散文と韻文と言いますでしょう?　文学は韻文、つまり詩文なんですよ。根が散文じゃないんです。詩を広げてたどってるようなところが僕にはありまして。

詩を書かないで作家になったという人も、古来からいっぱいいるんですよ。詩を断念し

＊8　連歌　和歌の上句と下句とに相当する五・七・五の長句と七・七の短句との唱和を基本とする詩歌の形態。

たところから小説家になる。文学史を見れば、いろんな実例があると思います。そうやって、いわゆる歌の分かれですか、詩から分かれて散文に入った作家が晩年になると、少しずつまた詩に戻ってくる。自分自身では詩を書かなくても、詩を読むようになる。文学として読むもののなかで、やっぱり味わいの深いのは詩であるという。そして、自分の文章のなかでどこか詩が潜在してくるんですよ。そういう世界に入ったのは、まあ、僕にとって、今度挙げさせてもらった三つの作品じゃないかと思います。

阿部　これもまた大江さんとの対談の一節なんですが、私はとても納得したところがあります。外国語の詩を読むということについて、なぜ外国語の詩がわからないかという話題が出て、古井さんが仰ることには、「外国語の詩を読むというのは「行為」なんです。ある瞬間だけ、成立する運動行為なので、それなりに感動したとしても、本をパタッと閉じると言葉が頭の中で散ってしまう」[*9]と。やはり、これは外国語の詩だからそうなのでしょうか。

古井　外国の詩はそうですね。非常な感銘を受けて何度も何度も繰り返し読んでいる。でも、パタンと本を閉じて暗唱しようとしたら、最初の言葉から出てこない。そういうことは多いですよね。ただ、現代人にとっては日本の古典の歌もそうですよ。読んだ瞬間には音が聞こえるけど、読み終わると消えてしまう。ああ、この歌はいい。昔からいいと思っていた。いまになって、いよいよいい。さて、本を閉じてみると最初の語句が浮かんでこない。真ん中ばかり出てきて、最初の語句が浮かんでこない。
というのは、古い詩、日本でいうと歌を詠むときの音律が、われわれのなかにはないか、乏しいからです。あるいは、瞬間的にしか喚起されない。そういうところがあるんじゃないかと思うんですよ。どんなに親しんでも、歌の最初の五文字が頭に浮かんでこない。

阿部 本当かどうかはわかりませんけど、古代の人は音律のように喋っていたという説もあります。あるいは、英語やドイツ語の韻律法は日常会話のリズムに近いんだという話もありますね。そうすると、もともとわれわれが内在的に持っているリズムみたいなものが失われると、そういう言葉が出ないということになるわけでしょうか。

古井 そうですね。例えば、古代ギリシア語のアクセントは強弱であるけど、高低でもあるわけです。そして高音と低音とどれぐらいの音程の差があるか、いろいろ説があるんです。だいたい三度という説が穏当のようです。でも、三度というのは相当の差ですよね。それ五度という人もいて、これはもう喋っていても歌になってしまうようなものですよ。それを僕らが復元するのは無理でしょうね。それだけ高低を繰り返したら、読んでいるんじゃなくて、何か踊り出すような感じになるでしょう。文学には、たぶん踊りという要素もあるんでしょうね。

＊9 **「外国語の詩を［…］散ってしまう」** 大江・古井『文学の淵を渡る』一二八頁。

阿部　最近、古井さんの作品が好きになったという若い学生が、「古井さんの文章がすごく好きだ、何よりすごいのは読んでもどんどん忘れることです」というようなことを言っていて、「ああ、なるほど」と思ったんですけども、それと関係するかなとも思いました。つまり、ある種の歌として散文が機能すると、むしろ忘れる。

古井　そうですね。僕自身が忘れますから（笑）。

場の文学、主語からの解放

阿部　もう一つ、いまの連歌の話と関係してお伺いしたいのは、短歌ではなくて連歌ということです。独り連歌というのが、また面白いんです。とはいえ、連歌というのは、受けてまた流してというふうに、どんどん変化していくプロセスだと思うんですね。古井さんはもともと連句[*10]もおやりになったことがありますね。そうした独りで詠むというよりは、何人かの人が参加して続ける歌謡の世界は、とても日本独特の世界だと思うんです。この辺はどう関係してきますか。

古井　場の文学ですね。個人ではなくて場の文学であり、その場のなかには、生きている人間だけじゃなくて死者たちも含まれる。本歌取りなどをやりますから。それにまた連歌でも連句でも、前の人が詠むまで自分は何を詠むかわからない。わかったら困るんですよね。そのとき、自分一個のなかに縛られていたら、決して句は出てこないと思う。かなり自分離れしないと、人の句には付けられない。その場の心にならなければならないということでしょうね。

また、その場でも、美しく詩的に句を付ければいいというだけではない。例えば、幽玄とかの要素だけでは百韻[*11]なんか押せないんですよ。だから、なぞなぞみたいな頓知頓才を遊ぶところもある。一巻の連歌のなかにいろんな要素があるんですよ。

近代の文学の一つの理想として、テーマの一貫性とか、全体の質の均一性とか言いますよね。それとはもう無縁の世界なんです。でも、よくよく考えると、文学としては連歌や連句の方が古いのではないか。個人が詠む歌ですら、その人がすっかりは歌いきっておらず、余情を人に預けるようなところありますでしょう。あるいは、あたかも人に呼び覚まされたように歌うことがある。そちらの方が、むしろ古いんじゃないか。

それを断念した近代の文学には、それだけの理由があったのでしょう。でも、それで展開は遂げてきたけれど、挙句の果てにかなり苦しくなるのではないか。あるいは、記号や

＊10 **連句**　「俳諧の連歌」の別称。発句が一句独立に作られるようになったので、これと区別し、また連歌とも区別して呼ぶ。

＊11 **百韻**　連歌や連句で、発句から最後の句までの一巻が百句から成る形式。

数式で済むような認識の方へ追い詰められてしまうのではないか。特にパソコンみたいな手法が一般になってくると、さて「書く心」に「打ちだす心」はどう関わるんだろう。あいう機械を使うだけでも、言葉はかなり記号化されてしまうんではないか。

言葉にはひとつひとつ粘りつくもの、あるいは、地の底の方に引っ張るようなものがある。それがやがて薄れてくる。ぱさぱさになってしまう。すると、どこまで書いてもどこまで話しても、とりとめのなくなる。そういうところに追い詰められる可能性はある。特に日本語の特殊性を考えると、いわゆる近代化に弱いところがあるかな、表意文字と表音文字を両方兼ねているということは。そんなふうに思いますけど。

阿部　自分だけで全部書かないといういまの話は、古井さんの今回選ばれた三作品の文章を読んでいてもすごく感じるところです。もともと主語をあまり書かないようなスタイルはお持ちになっていたと思うんですが、文が途中で他の人の話になっていくというんでしょうか、誰の話だったのか、「あれ?」というようなところがけっこうある。こういうことは散文のなかにも表れている気がしたんですけれども。

古井　何か複合的な主語がね、乗り移ってくるのを待っているようなところがありまして。そこで主語を限定しちゃうとね、あとが続かないことがある。

阿部　たぶん、そういう主語からの解放のためだと思うんですが、古井さんの作品には「ある男」とか「ある女」というふうに、限定しない形で匿名の人が出てくるという設定が非常に多いなと思います。

古井　それもあるんですけどね。もう一つ率直な理由として、小説家ってね、一人の人物を出すたびに、その分だけくたびれるんですよ。二人で済みそうなところが、もう一人出さなければならない。そうなると、もううんざりする。別にその人物の責任を取るつもりはないのだけど、それは疲れるものなんですよ。だものだから、「男」とまとめたり、「女」とまとめてしまったり。第一者と第三者を峻別するというのは、文学にとって必ずしも豊かなことにならない。ひょっとすると貧しい方にいくんじゃないか。そういう考え方もあります。まあ、人物が一人増えるというのは、扶養人物が一人増えるようなものでね（笑）。

『辻』——病、そして時間と空間

阿部　これも三作に当てはまると思うんですが、病への言及が非常に多いという印象を受けました。もちろんそれまでの作品で言及がないわけではないのですが、この辺はいかがですか。ご自身で入院された経験[*12]もあると思いますけれども。

---

*12　**入院の経験**　一九九一年、椎間板ヘルニアの手術と療養ため五十日間入院。九八年、右眼の網膜円孔（網膜に孔が開く）の手術のため東大病院に入院。九九年、ふたたび眼の手術。

古井　入院すると、思いがけない体験もあってね。われわれがふだん自然に受け取っている時間とか空間が、寝たきりになるともろくも崩れていく。ベッドに仰向けのまま固定されて一週間もすると、空間の縦軸と横軸が狂うことがあるんですよ。信じられないだろうけれど。それから時間もね、いまがいつかわからないような、そういうことがありましてね。

やっぱり小説も、一番大きなテーマとしては、時間と空間なんですよ。時間と空間のありさま、そのなかでの人のありさまに返っていくのが、小説じゃないかと思うんです。病気のときの体験が、かなり強い戒めになる。われわれが安心して踏んでいる時間と空間は、そんなにたしかなものなのだろうか、そうではないのかもしれない、とにかくそういうふうに思われる。

それでは、われわれの踏まえるべき現実っていうのは一体何だ、と。これも考えれば、もう哲学の究極の問題で、とても答えられないんだけど。そちらの方をのぞく姿勢だけは、作品で見せておきたい。

阿部　先ほど、粘りつくような表現をしたい、と仰っていて、まさに私も古井さんの文章を読んでいて、粘りつくような感じという印象を受けるんです。その一つが、その時間の書き方で、あえて特定の言葉にこだわって、意外と何の変哲もないような「ようやく」とか「やがて」とか「そのとき」といった語を何度も使っておられます。それらの言葉が、何かこう粘りが出てくる使われ方をしているなと、いつも印象に残ります。

古井　時を表す副詞というのは、とても難しいんですよね。使っていても、手ごたえがなくなることがある。この言葉で、はたしていいのかどうか。じゃあ、これを取ってしまったらどうなるのか。いつも悩まされる。自分で書いていて、時や場所を表す副詞が生きていると感じられるときには、これはまあ、よく書けているときと取ってよいのでしょう。滅多にないことですけど。こだわってこだわった、その名残みたいなのが、最後に作品に残るんだと思います。

阿部　いまの話を聞いて思いだしたのが、『辻』のなかの「風」です。時子が出てきて、男との関係の話をしていて、高浦の発言にちょっと一瞬ドキッとするというところがあります。高浦が変なことを言って、「その面相に時子はようやく怯えて、しっかりして、と頭を起こしかけると、その頬を叩《たた》くような間合いで、枕《まくら》もとから目覚時計が鳴り出した」[*13]と。つまり、タイミングがずれて、怯えるのが遅れたということを言っている。この「ようやく」がすごく効いているなと思ったんです。こういう微妙な「ずれる」感覚というんでしょうか、その辺でしょうか。

古井　そうですね。怯えを表す副詞と怯えの理由あるいは対象を表す副詞。これがヨーロッパの言葉だと、前置詞にも使われるでしょう？　どちらが先かという問題がある。怯え

＊13　**「その面相に〔…〕鳴り出した」**　古井由吉「風」『辻』（新潮文庫、二〇一四年、五一頁）

父と子。男と女。人は日々の営みのなかで、あるとき辻に差しかかる。静かに狂っていく父親の背を見て。諍いの仲裁に入って死した夫が。やがて産まれてくる子も、また――。日常に漂う性と業の果て、破綻へと至る際で、小説は神話を変奏する。生と死、自我と時空、あらゆる境を飛び越えて、古井文学がたどり着いた、ひとつの極点。濃密にして甘美な十二の連作短篇。（本書紹介より）

『辻』
（新潮社、二〇〇六年／新潮文庫、一四年）

たので怖いものが出てきたのか、怖いものが出てきたので怯えたのか。どちらが先かというのは、古代ギリシア語からしても相当微妙なようです、心情的にね。幽霊が出たから怖いのか、怖いので幽霊が出たか。それを言語論的に論ずるならまだしも、小説を書くというのは一つ一つの実習なんです。

阿部　こういうところを読むと、さっきの時間と空間の何か感覚みたいなのが、バッと開けてくる感じがするんですよね。どうしてなのかよくわからないんですけど。

古井　どうなのかな。こういうところで日本式の仏教のものの考え方が、少しずつ透けて見えるのではないでしょうか。つまり、実態というものはないと。ただ、物事が生起する、その因縁だけがあると言いますよね。いまだったら「機縁」と訳していいでしょう。その機会ときっかけ。そういうものの生じる動きだけがある。時と場だけがあるというね。それが、ひょっとして文章の場ではないかと思うんです。なかなかこの辺は上手く答えられない。それができていたら、私も立派な聖人ですよ。

『白暗淵』――常套句との格闘

阿部 先ほど触れました『言葉の呪術』のなかで、面白いことを仰っていました。呪術というと少し恐ろしげに聞こえるけれども、例えば常套句とか擬声語とか、そういうものにも呪術は乗り移っているんだ、[*14]と。例えば谷崎潤一郎の『文章読本』では常套句や擬声語みたいなものはなるべく使うなと言うわけですが、「たぶんそうでもないんだ」ということを古井さんは仰っています。使えばいいというわけではもちろんないけれども、使うなといえば済むものではない。それに関係して、自分だけが語っているのではなく、何か共同体みたいなものの重さ、そこに足を取られている感じというのを文章に出すことの大事

＊14 **呪術というと[…]乗り移っているんだ** 「具体的に考えて、言葉の呪術のもっとも単純で強い表われは擬声語ではないかと私は思う。それにもう一つ、常套句かもしれない。[…]また作家が擬声語と常套句を極端に忌み嫌うということも、きわめて象徴的である。つまり、表現の過程にあるおぞましいものを文章の中にもちこむまいとする態度、審美と倫理が一つに融けあった一種のストイシズムである。もちろん、ストイシズムというものはその核心に怖れをつつみこむものである」(古井『言葉の呪術』一五頁)

さを仰っていたのかなという気がしますが、いかがでしょうか。

古井　日本の古典を読んでみると、もう常套句だらけですよ。常套を踏み外すのは御法度なんです。というのは、本当に語るべきこと、逆に言えば語り難いことは、常套語で表すより他にない。

例えば、仏教説話を読んでみる。もう要所要所は常套語で展開していくんです。常套語と、それからトートロジーつまり同義反復ですね。いわく言い難いことは、常套語か同義反復でしか語れない。これは哲学も究極に行くとそうでしょう。プラトンを読んでいても、最後は、「論理はどうなっているのか」って思うところがあるでしょう？　文学にもそれがあるんですよ。常套句を上手く使えたら、たいしたものなんです。常套句をその場その場で甦らせる力量があれば、大作家っていうんじゃないかな。

阿部　いまそれを聞いて、まさにこの瞬間だと思ったところがありまして。『白暗淵』のほんの二行で、これは常套語との格闘じゃないかと。「履物というものは、どれも同じようなものなのに、自分のはわかるもんなんだなあ、これが生涯続くんだ、と下足の棚の前で詰まらぬことに感心している男がいた[*15]」。ここが上手いなと思ったんですけど。パッと何か常套句を突き抜けて、でも常套句を使っていて。履物そのものが常套句なんじゃないかという気もしました。

古井　近代では、夏目漱石が上手いですね。やはり、常套句を上手く使っています。

阿部　病の話に戻ると、古井さんご自身が入院されたのは、椎間板ヘルニアとか、それから眼のご病気もされています。病を持っている作家というのは非常に多くて、もちろん病で途絶する場合もあると思うんですが、逆に病の体験が書くものを生かすという場合もけっこうあるような気がします。漱石の胃病[*16]、正岡子規の肺病[*17]は有名ですけども、他にも横光利一の胃病[*18]もあります。古井さんの場合、病の種類が書くものと関係するということはあるのでしょうか。

＊15 **「履物というものは［…］男がいた」**　古井由吉「繰越坂」『白暗淵』（講談社文芸文庫、二〇一六年、七五頁）
＊16 **夏目漱石の胃病**　夏名漱石は胃潰瘍に悩まされ、それによる大量出血により死去した。
＊17 **正岡子規の肺病**　正岡子規は肺結核を患い、結核菌が椎を侵すことで発症する脊椎カリエスで死去。
＊18 **横光利一の胃病**　横光利一は胃潰瘍にて死去。

『白暗淵』
静寂、沈黙の先にあらわれる、白き喧噪。さざめき、沸きたつ意識は、時空を往還し、生と死のあわいに浮かぶ世界の実相をうつす。言葉が用をなすその究極へ、著者の新たなる到達点。現代文学最高峰の作家・古井由吉、最新連作短篇小説集。（本書紹介より）
（講談社、二〇〇七年／講談社文芸文庫、二〇一六年）

私が覚えているのは、例えば初期の頃のエッセイでお書きになっていた、筆圧がとても強くて手を傷められたという話。古井さんは掘るようにして書かれるので、腱鞘炎か何かで関節を傷めたということでした。その後の椎間板ヘルニアもどちらかというと骨系というんでしょうか、そういうご病気ですね。

古井　そうですね、僕の場合は病気というより故障でしょうね。治療というより修繕なんですよ。全く物理的な治療ばかりでね。それでも、やや重い病気にかかる前後、人は思うことや考えることが冴えるんですよ。それでうっかりすると、ちょっと予言者めいた明視、つまり眼の明るさを持つことがある。そんなもの見えたって本人にはどうしようもないんですけどね。そうした病気の前後に冴えるという現象は、どの作家にも見られるのではありませんか。実際に予言みたいなことをしながら、自分では何も意識がなかったりね。

阿部　今回の作品で、そういう瞬間は、割と書かれていますよね。これから病気になるという人が、なんかこう妙に人が見えたとか。

結核になる人は神経が鋭敏になってものが見える、と正宗白鳥が言っていたと思うんです。つまり、結核は敏感になっていいけど、自分みたいに胃病は不機嫌になって陰鬱になるだけでろくなことはない、と。まあ、実際はわからないですが。

歴史の跡をいまに甦らせる

阿部　いままで古井さんの作品をいろいろ読んできたなかで今回の作品を読み直すと、社会的な事象について、例えば、凶悪な事件が起きたとか、地震が起きたとか、雷が落ちたとか、そういうものへの言及もけっこうある。そのなかでも、空襲の話が非常によく出てくるのは、強く印象に残ったんです。

古井　僕も少年時代に空襲に遭って、それからこの歳まで戦後の世界を生きてきた人間です。その時期の感覚もいろいろ思い出されるし、この国がどういう変遷をたどったかということに感慨もある、そして悔いもある。そういう歴史の跡を、日常のなかにいて書きたいと思っているんです。社会を俯瞰して書くのは、もっとすぐれた人がやることです。

僕はいま現在の日常のなかにいて、そこに戦後から七十年ほどの流れがまだある。痕跡とは言わず、まだその流れが働きかけてくる。自分自身は「いま」と「ここ」を、必ずしも掴んでいない、むしろ掴みかねている。そうすると、日常的なことのちょっとした描写がやりがいのあることじゃないかと、そう思っています。

阿部　そうですね。最近出された、自薦集の月報を集めた『半自叙伝』でも、冒頭のところが空襲の話でものすごい迫力で書かれています。ただ、小説のときはまた違う書かれ方をしているのが面白いなと思います。

古井　いま現在に甦らせないと。いま現在が大事ですから。

阿部　それが「日常のなかにいて」ということになるわけですね。たぶん同じことを書かれているんだろうなと思いながらも、全然違う形で生き返るというんでしょうか、そういう印象を私は受けました。ぜひ皆さんも『半自叙伝』の方も読んでいただければと思います。

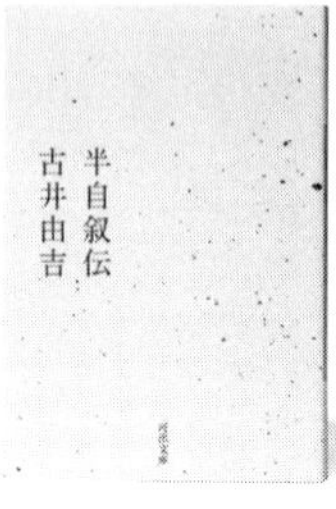

『半自叙伝』
（河出書房新社、二〇一四年／河出文庫、一七年）

若さのなかの老い、老いのなかの若さ

阿部　今日は「老い」の話が出てきていますが、古井さんというと「成熟」について、他の作家にはない、ある種のアプローチをされているという印象があります。『人生の色気』というインタヴューで、これは比較的軽めの言い方で触れていらっしゃる。例えば、「男が中年にさしかかる年頃には、どうしても、自分の中に悪相を意識するものです」と。本来はそうであるはずなのに、それが「一九八〇年頃から、どういうわけか、中年男の悪相

が見受けられなくなりました。いまの人は、青年後期から初老に入るという老け方が多いんです[*19]」と。

古井さんの小説を読んでいると、もう初期の頃から、「いい三十男がこんなことをして」みたいな、老いと成熟を意識した人物の書き方をしているという印象を受けるんですね。この「悪相」についてご説明いただいても面白いと思うんです。

古井　例えば、老いというのは若いうちからあるはずなんです。例えば、二十歳すぎて老いを感じるってことはあるはず。人間を動物としてみれば当然、老いというのは早くから始まっている。あらゆる年齢に老いがある。また、若さも、あらゆる年歳にあるんですよ。老いと若さは、幼年から少年、青年、中年、老年まで並存しているところがあるんです。それが時と場合によってどの年齢が出てくるか。例えば、いくら自分がもう五十、六十歳だといっても、何かの場合にどういう若さの自分が出てくるか、どういう老いの自分が出てくるか、わからないものです。つねに幼さから老いまで、全部潜んでいますから。

それで歳の取り方っていうのは、本当は人と社会との塩梅なんですよね。その塩梅が、ちょっと難しくなっているんだな。一つの階梯というものをしっかり世間が想定して、それに照らして個人の老いを見るんじゃなくて、その階梯という基準が狂ってしまっている

＊19　「男が中年に[…]多いんです」　古井由吉『人生の色気』（新潮社、二〇〇九年、一一三 - 一一四頁）

んですね。だから、世間の人を見ながらだんだん自分も歳を取っていくというわけにいかない。むしろ世間では、アンチエイジングなどを強調しますけどね。歳の取りにくい世の中だと思っています。一番恐ろしいのは、若年からするりと老年に入ってしまう。本当はそんなことないはずだけど、中年とか初老とかのエネルギーの発動を許す雰囲気がないのかもしれませんね。

阿部　そうですね。「中年、初老のエネルギー」というのが面白いと思うんです。つまり、一般の方が老いるという話もありますが、小説家が老いる、あるいは老いた小説家が中年もしくは初老のエネルギーを発することに興味を持ちます。いまは、どちらかというと若いエネルギーが小説家に要求されるという社会の風潮があって、老いたエネルギーを小説のなかで発動させるというのはどういうことだろうと本当に気になるところです。

古井さんがそれを追求しておられるのはよくわかるんですけれども、ほとんど孤立状態というか、周りにもそういう方があまりいないように思います。七十、八十歳になって若い力を出すというのは決して悪いことではないと思うのですが、非常に多くの方が若い方向に向かっているというのはどういうことだろうと思うのです。

古井　若さを要求する風潮はありますけどね。若さと老いとの相対化ができないからかな。

例えば読書のことにしても、ぶらりと街へ出て、本屋に立ち寄って本を買ってくるってことが、いま少なくなっているでしょう。若い人も歳のいった人もね。街をゆっくり歩くという習慣が薄れたもので。だから本が人の手に渡るのも、昔とは全く違ったルートをたどっている。広告とかインターネット、それしかない。現物を見て買うということがなくなってきていますね。小説には現物も何もないようなものの、本っていうものを手に取って、パラッとめくって読んで、ある種の手触りを覚えて買うということがかつてはあった。でも、いまはそういう時代じゃありませんよね。

ところが、活字文化をインターネットで広げようとするときに、そこでは結局、語彙が少なくなるのじゃないかしら。どうしても若者向けの勧誘になる。高年者向けにも、「いや、あなたは若いんですよ」というような勧誘の仕方になる。老いには老いの熟した味を伝えるような宣伝の仕方ではない。そこで出版物全体が若向けになってしまうんではないかなと思っています。若向けのことを書く人も、ずいぶん複雑な思いで書いているんでしょうけど。

わからないということの大切さ

阿部 インターネットとの関係で言うと、明らかに若さが前面に押し出される。それから、時間の流れがすごく速いということもあると思います。何というか、わかりやすさの演出というのか、すべてがそういう幻想で表現されている印象を受けます。

これも大江さんとの対談だったと思うんですが、「難解さ」というのが話題[20]になっていました。古井さんは、その難解さというものを馬鹿にしてはいけない、むしろ難解さにこだわるということを仰っています。同時に、これは半分冗談なのかもしれないですけれども、人はよく自分の書くものを難解と言うけれど全然難解だと思わない、少なくとも大江健三郎さんと同じぐらいには難解でないつもりだというような話も出てきました。この難解さというものについて、どういうふうにお考えになっていらっしゃいますか。

古井 わからないことは値打ちがないという考え方が、かなり一般的になってきた。僕らの若い頃なんて、いまから見れば馬鹿みたいなものでね。わからないものほど一生懸命に読んでいたりするんですよ。何か一つ感じると、わからなくても食らいつくという。

ところが、教育が「理解」ということを第一にした。それはいいとして、ではすぐに理解できないことには価値がない、それどころか現実ではないという極端なところまでいっているんじゃないかしら。だから三分の一しかわからなかった、四分の一しかわからなかった、何か一端しかわからなかったけれど、それに惹かれて突っ込んでいくという習いが薄くなってしまっている。そうすると文学にとってはたいそう不利でね。わからないことを書いているようなものですからね、文学っていうのは。

阿部 たしか、『人生の色気』のインタヴューのなかでもそれに触れられていて、わからないものを読んで、何か恐ろしいような気分になると仰られていたと思うんですね。[21] その恐ろしいような気分というのは、とても大事なものかなという気がします。

古井　そうですね。どこかに引きこまれるようなね。日本の『源氏物語』だって、あんなのは決してわかりやすい小説じゃないですよ。何を言ってんだかわかんないところは、いっぱいある。

文章も論理も放物線を描くようなもの

阿部　いまの「難解さ」や、先ほどの主語の問題とも通ずるかもしれないですが、昔からいろいろな人が古井さんの文の構造の独特さを指摘していますね。特に「屈曲の文体」と言われることが多いです。ここで終わるかなと思うと終わらない。その終わりどころの問題は面白いなと思っています。

今回の三作も、その点で毎回新しいことをされようとしている気がするんですね。どの作品でも、あるいは、どのパラグラフでも。同時に、これは最初からねらいを定めているというよりは、生きているその場の時間のなかでふっと生起するように、それこそ即興的

＊20　**「難解さ」というのが話題**　「明快にして難解な言葉」（大江・古井『文学の淵を渡る』五・五五頁）

＊21　**わからないもの［…］気分になる**　正確には「読んでもちっとも頭に入らないけれど、なんとなく嫌な感じがする」（古井『人生の色気』一一五頁）

におやりになっているのかなという印象を受けるんです。もちろん文章の推敲をよくされると仰っていますが、そういう運動性、つまり「シンタックス」の運動性みたいなことについては、どのようにお考えでしょうか。

古井　僕は文章に手間をかけますし、推敲もよくするんだけど、ただ、よくよく考えて書き始めるんじゃないんですよ。書きながら進路をはっきり掴んでいるわけでもない。どういう展開になるかもわかってもいない。だから、一節ごとに舵を切っていくという書き方なんです。そんなふうに見えないのかもしれません。僕としては、もう自分の癖か運命と思っています。

阿部　構文を上手く説明できないわりに、不思議と読めてしまう。もちろん、そういうふうに書いていらっしゃるんだと思うのですが、そこが面白いと思うんですね。

ただ、その終わりどころというのは、例えば、呼吸の問題、あるいは句読点の使い方とも関わると思います。句読点というのは、比較的新しいものですよね。句読点がなかった時代の方がずっと長いわけです。ある意味では、そういう時代の記憶というか体感みたいなものを想起しながら、リズムを喚起することがあるのではないでしょうか。

古井　そこで「文節」というものがあるんですよ。近代人と違った文節があるんじゃないか。たしかに古文を読んでいると、ほんとのところはどこで切っていいかわかりませんよね。そういう別な文節の呼吸がありはしないか。それが、いわゆる文節のしっかりした文章ではもう書き詰まってしまったものを、またどうにか引っ張り出してくるんではないか。そんなふうに感じてやっていますけど。ただ、なにぶんにも近代人ですから、そう変わった文節は取れない。自分のうちを流れる音律との関わりがあると思います。

阿部　ご自身の書いていくなかで、それは変わっていくわけですか。

古井　変わっていきますね。それにつれて考えることも少しずつニュアンスが変わってくる。音律が先なのか、意味が先なのか。

阿部　その切り方の問題のときに、私が読んでいて強く印象を受けるのは、古井さんの場合、「掘る」とか「切る」というアクションと、それから「ふっと離す」と言うのでしょうか、「ほどく」とか「放つ」というアクションが拮抗していて、それで文章のリズムができていくような印象も受けるんですね。ものすごく圧力をかける瞬間と、その圧力を逃がす瞬間がある。

論理ということだけを考えると、圧力がかかっていたままの方がわかりやすいと思うのですが、ふっと逃げていって、むしろそれが表現になっていくと、単純な意味での論理の明晰さとは違うレベルに向かっていくのかなと思ったりするんです。

古井　文章の構造、あるいは論理の構造だって、言ってみれば「放物線」ですよね。まず登って、頂点を回るときに異質な世界を覗かせて、それからまた下ってなだらかに腑に落ちる。これが一番望ましいことだけど。ただ、これは体操の選手と違いますからね。着地するとき、よろめいたり、つんのめったりするのも、また文章のうちなんですよ。変なところに落ちたりするのもありうる。表現の曲線はなかなか上手く描けないものなんです。それでまたやり直しを繰り返しているようなもので。

阿部 その放物線というのはすごく面白いと思うんですけど、全部を一遍に言うのではなくて、ちょっと浮かび上がらせて、でも消えていくということですよね。

古井 それは小説を書いているとね、本当に放物線という、ボールを投げているようなときの感じはありますよ。そして一度投げ上げると、どういう弧を描くか、実はわからない。

書くことがなくなってからが勝負

阿部 古井さんの文章で、特に短めの作品がそうかもしれないのですが、出だしのインパクトが強くて、その勢いでかなり行くという書き方をされることが多いように思います。『槿』なんて有名ですけども、この最初の一行は、「腹をくだして朝顔の花を眺めた。十歳を越した頃だった。厠の外に咲いていたのではない[*22]」。強烈です。最初のパラグラフは比較的短いものが多く、二行で終わる段落とかが多いんですね。これは詩人に近い書き方かなという印象を受けるのですが。

古井 最初の一行が定まったら、もうそれだけで小説をはじめる。そのあとが全く見えなくてもはじめる。というふうに、ずっとやってきています。

阿部　よく詩人の方がそう仰いますよね。「一行目は降ってくる」と。一行目は天才が必要だが、その後は技術だと。

それと関係するかどうかわかりませんが、古井さんは、「小説家はむしろ書くことがなくなってからが勝負だ」と、これは何度か仰っていると思うんですけども。

古井　「書くことがなくなってからが勝負だ」っていうのは、書くことがなくなってきた自分の底にいろんなものがある、自分で意識しないものがあるはずだ、それを少しずつ引っ張り出してくるのが文学者の仕事ではないか、そう思ったことなんです。ずいぶん若いときにそれを言っているんですね。

「あれを書こう、これを書こう」のうちは、まだほんとに表現の緊張はない。書くことはなくなったけど、何か底にひしめいているものがあると、それを引っ張り出してこようとする。いや、力ずくで引っ張り出せないでしょう。相当こちらが腰を落ち着けて、気持ちを静めてからでないと出てこないんですね。

阿部　そのためには、いま仰ったように「あれを書こう、これを書こう」というプロジェクトというか、ねらいのようなものが、むしろ見えてない方がいいということですよね。

古井　そうですね。見えていても、そのとおりにはいかないですから。実際書いていくと、

＊22　「腹をくだして[…]のではない」　古井由吉『槿』(講談社文芸文庫、二〇〇三年、七頁)

全然違ったものが出てくることが多いんですよ。

阿部　その最初の一行を書かれるときは、どうなんですか。それは来そうな予感がするのか、ある程度心の準備というか、構えに入っているとそれが出てくるのか。

古井　どうなんでしょう。野球のピッチャーは、マウンドに上がって一球投げるまで調子がわからないって言うんですね。そろそろ始めなきゃいけないかなと思って、いやいや机の前に座って、それで何か一行出てきたら始めるということにしてます。机の前に座るとき、何も出てこないような気もしています。じっさい出てこないこともある。

阿部　そういう何も出てこないかもしれないというとき、ある種の危機の意識みたいなものが……。

古井　あります。もうこの仕事を辞めなきゃならないかと。

阿部　でも、そう仰いながら著書目録（本章末を参照）を見てもわかるように、ほとんど規則的と言ってよいぐらいに、着実に執筆をされています。これはまた違う意味なのかもしれませんが、大江さんとの対談でも、むしろ書かないでいる方が難しいんだ[*23]というようなことを仰っておられます。

ただ、たしかにその対談のなかでも仰っていたように、あるとき書けない時期を持った作家が、すごい作品を書くということもありますよね。つまり、作家にとって書けないというのはどういうことなんだろうというのが、先ほどの危機の話とも絡めて、興味深いところです。

古井　それはね、たぶん人がものを思うというのは、どんなことであれ、ストーリーを作っていることと関係する。その人間には、その人間のストーリーの形がある。ところが、何かの体験に会ったりして、そのストーリーが壊れてしまう。そのとき、人は何を思っていいかわからない。しばしぼんやりと過ごす。文学でなくてもそうです。

ストーリーらしいものを書かない作家でも、内在的なストーリーがある。それが破綻をきたすと、書けなくなる。破綻をきたすというのは二通りあるんですよね。それは力尽きたというのと、何かが底から湧き上がってきて壊してしまったのと。同じ「書けない」でも違うと思います。ストーリーがしぼんでしまったときの書けないというのは、ちょっと長くなりますよね。下から別のものが出てきていままでのストーリーを壊してしまう場合は、間もなく書けるようになる。

阿部　それは古井さん自身の場合も、両方あるわけですか。

古井　両方あります。だけど、本当に危機感に追い詰められそうになるのは、つまり思い詰めそうになるのは、後で考えると、新しいものが出てきて、それまでのストーリーをぶっ壊そうとしているときですよ。このときはかえってもうだめなんじゃないかと。

＊23　**むしろ書かないでいる方が難しいんだ**　「仕事をしないでいるのにもエネルギーが要るんです」（大江・古井『文学の淵を渡る』一六四頁）

阿部　怖いわけですね。
古井　そうです。
阿部　これは伺っていいのかどうかわかりませんが、これまでのご経歴のなかでは……。
古井　今回選んだ三作の時期なんか……もう歳も取っていますし。いよいよ引導を渡されるかと思っていましたから、その頃から。
阿部　そうすると、何かいままでのものを壊すような、何か強烈な力が、新しいものだとは最初は認識できないということですか。
古井　いや何もわかりません。何があるのかもわかりません。
阿部　何が起きているんだろうと……。
古井　何もわかりません。自分はもうだめかもしれないっていうだけで。
阿部　それ以前にもそういうことは。
古井　ありました、やはりね。四十代にも五十代にも。節目になると、それがあるんですよね。
阿部　それが一体どういう感覚なのか、書いていらっしゃる方にしかわからないのかもしれません。恐怖に近いような感覚かなと思います。

読者への呼びかけ

阿部　英語の詩など読んでいるときに、急に遠いものに呼びかけるという瞬間があります。英語では「アポストロフィ」と言うんですが、これが入ると、詩がふっと流れが変わったり、何か一つ山を越えてどこかに向かったりするということがあって。その呼びかけが、すごく不思議な作用を持つ。そういうコンベンション、つまり約束事があります。

　古井さんご自身が書かれるときに、そういう遠くのものに向けて目をやる、あるいは明らかに誰かに呼びかけるという瞬間があるような気がするのです。読んでいて亀裂が入るというか、文章の裂け目みたいなものが見えて、遠くの何かに至ろうとしている瞬間があるように感じます。必ずしも意味を持つものではないのだけれども、何かすごく効果があるという気がするのですが、いかがでしょうか。

古井　文章には、どんなに静かに書き綴っているものでも、必ず読者への呼びかけというのがある。それは言ってみれば、「聞いてくれ」、「信じてくれ」。あるいは、いよいよ本題に移るとき、「さて、これからのことをよくよく聞いてくれ」と。

　呼びかけとは、まず読者への呼びかけ。それからね、詩人、文学者には古い伝統からの仲介者として、天の声を伝えるということがある。だから、その呼びかけは、天に向けて自分に語る力と勇気を与えてくれるときもあるものです。そういう呼びかけがあるんですよね。

　そういう形を持つことは、現代の日本語ではもうはなはだ困難だけど、必ずどこかに潜んでいると僕は睨んでいます。どことどこを仲介するという意識もなしにね。文学というのはそのようなものなのではないかと。単なる叙述っていうのは、ないのかもしれない。どんな叙述でも、どこか呼びかけを伴っている。

阿部 何かこう磁場というか、影響力というか、そういうものを発しているることかなと、いまお聞きして思いました。それでは、朗読の方をお願いしてよろしいでしょうか。

『やすらい花』——舵を切っていく

古井 『やすらい花』という短編集のなかの「瓦礫の陰に」という作品があり、その冒頭部分だけを読もうと思います。これは、昭和二十年の大空襲の年のことで、「一夜の内に」と言うけれど、未明の二、三時間のうちにあたり一帯が焼き払われて瓦礫野原と化す。こういう情景はとても信じがたい、想像しがたいだろうけれど、そのなかに男女のことを置くと、かえってその体験がない人たちにも伝わるのではないか。そんな思いで書きました。

私自身は、満で八歳にならないうちにそれを体験している。この主人公は当時、まあ二十代真ん中頃、幸いにして兵役を免れている。そんな設定で書いています。だから、僕が二十歳半ばの人間になって書いています。

古井由吉

炎の余気《なごり》のまだ立つようなたそがれ時の焼跡の、瓦礫の陰で男と女が交わった。お互いについ先刻まで見も知らずの間だった。知らぬ男女がたまたま言葉をかわしてから、話しこむほどの閑もないうちにそこまで行くとは、一夜の内に生活の、空間も時間も一度に破られた世界にあっては、起こってみれば、不思議なことでもなかった、ことさらの妄《みだ》りさもなかった。

暮れかけた道で女が男に声をかけてきた。町の名を口にしてその辺の安否をたずねた。そこからいくらも隔たっていない界隈になる。その耳馴れたはずの町の名すら男には、沈んだ昔の名に聞こえた。罹災者にとっては、遠くも近くもひとしく知れなくなる。それでもその界隈だけが無事とは考えられなかったが、女が思いつめたような顔をしているので、男は行きずりの人の不幸に断をくだすことになるのを避けた。

散る花とともに四方へ飛び散る悪疫を鎮めようとする鎮花祭。いまも歌い継がれるという夜須禮歌。豊穣を願う田植歌であり、男女の契りの歌でもあるおおらかな古来の節回しに、鮮やかに甦る艶やかな想い。その刻々の沈黙と喧騒——歳月を超えた日常の営みの、夢と現、生と死の境目に深く分け入る八篇。待望の最新連作短篇集。（本書紹介より）

『やすらい花』
（新潮社、二〇一〇年）

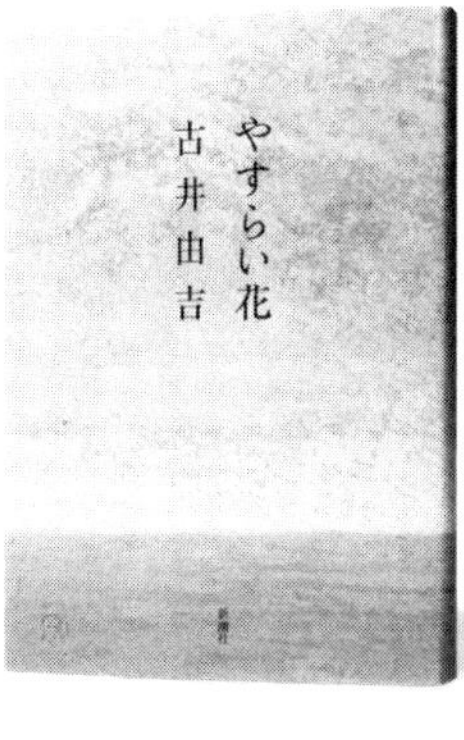

広い域にわたってもうひとしなみに焼き払われたような、しかしあれだけ燃え盛ってもあんがいに難を免れた所もすくなくなかったような、どちらつかずのことを投げやりに話して歩き出した男に、女は帰る方向が同じらしく黙ってついてきた。これも女として軽はずみとも言えなかった。前後左右に焼跡がひろがる。行きずりの赤の他人どうしが問わず語りに身辺の事を話しながらしばらく一緒に歩いて、顔も見合わさずに左右に別れるのはめずらしいことでもなく、男女の別にこだわりもなかった。日没が始まり、炎上の夜から五日も経ってまだ立つらしい塵埃の、西の空にわだかまるその中へ落ちる陽が、初夏というのに冬場に劣らず赤く、赤くて輝きがなく、塵埃に吸いこまれた後から射し返す夕映もどんよりと濁って、瓦礫の原をさらに寒々しく渡った。たまたま二人きりになった男女の情を誘う隠処《かくれが》もない。赤い光に吹き通された身の内にも、隠処はなかった。

しかし、辻らしい辻も角らしい角も大方焼けて失せたその中で、知らぬ界隈に踏み込んだように、俄に暮色が深くなった。あからさまにさらけ出された瓦礫の原に夕闇が降りかかって物の影を、得体の知れぬ盛り土やら傾いた杭やらをつつんだ。煤煙の混じる塵埃の中に沈んで太陽は急速に光を失うものか、それとも自分こそ焼跡の中で時間の感覚を失って、ここまで知らずにだいぶの距離を来たのだろうか、と男は怪しんだ。女も立ち停まって、ここはどの辺になるのかしら、とひとりでつぶやいた。それぞれ遠くまで見渡す男と女の目が返ってきて、初めてまともから出会った。逸らしかけてまた見つめあったばかりに、紛らわす間合いがはずれた。あらかたを失ったばかりの人間どうし、ふいに間にはさまって底無しになりかかる沈黙はおそろしい。

古井　まあ、そんなところで。

阿部　ありがとうございます。いま拝聴していて思ったのは、古井さんが読まれるときに微妙に呼吸を入れられると、ちょうどそこで文章の向きが変わる。それこそさっき仰いましたけど、そこで「舵を切っている」。そういう書かれ方をしているのかなという印象を受けました。

それから、今回の三作はどれもそうだと思

うんですけど、男女の出会いの瞬間をそれこそ粘りつくように書かれているところがたくさんあって、これもその一つだろうなと思いました。同時に、その出会い方がある種の寂しさを漂わせている、そういうところでもあったかと思います。

質疑応答1　「悪相」と「成熟」

──『人生の色気』という本に「中年男の悪相」という言葉がございまして、この「悪相」という言葉を不勉強ながらいままで聞いたことがないんですが、具体的にはどういったものなのでしょうか。

古井　「悪相」の「悪」というのは、普通は邪悪の悪ですね。だからまあ、いまにも人でも殺しそうな顔、それを悪相と言います。しかし、この「悪」という意味には古来、怒りという意味もある。また、恨みという意味もある。それから悲しみの甚だしい、激しいものも入る。

──宮沢賢次の『春と修羅』に出てくるような、いわゆる修羅のような状態。

古井　そうですね。具体的にはね、お能の面をご覧になるとよくわかると思います。悪《あく》尉《じょう》とか。

──能面ですか。先ほど「成熟」ということについて考えている、また追及していると仰っていましたが、この「悪相」というものを、仮に中年に差しかかって自分の身に現れたときに、それを自分のなかから取り去るというのが成熟ではないかと思うんです。そう考えると、中年男に悪相が見受けられなくなったっていうことと、成熟するべきだということには矛盾が感じられると思うんです。

古井　悪相が現れればこそ、それを包んで成長しよう、成熟しようとするわけです。自分のなかの悪相に怯えないようだと、あまり成熟する必要も感じないいんじゃないかしら。自分の悪相を感じるというのが成熟へのきっかけになると僕は思っています。

阿部　悪相が怒りだというのは、たしかにそう言われてみると面白いポイントです。古井さんの作品のなかに「憤怒」という言葉が、絶妙なタイミングで出てきます。単に怒っているというのとも違った、何かその人の生きてきた証のようにして、「憤怒の顔で見た」という瞬間があると、ちょっとドキッとする。そういう箇所が今回の作品のなかにもいくつかあったと思うんですね。

それから、「悪」という言葉にしても、悪の周辺にある言葉も、作品のなかでけっこう出てくるんですね。それが単に悪いことというのではないし、でも人を殺しそうな気配がするという。何で殺さないのに殺しそうなんだろうっていうのがすごく不思議。でも、そうなっているんですね。

質疑応答2　「役」の解体と結合

――『白暗淵』には戦争の話が出てきますけど、『辻』のなかの「役」という短編にも戦争の話が登場します。具体的な戦争の話が大きく描写されるわけではないんですが、病気の間に疫病神という言葉を思い出して、それが兵役の「役」というものと結びつくという形で出てきます。

先ほど、病気の最中はずっと天井を見ていると、空間も時間も自明なものでなくなって崩れ去る、という話がありました。そうすると、病気の間にはいろいろなものが崩れ去ると同時に、何か言語的なものが突然結びつく状態でもあるのかなと思ったのです。病気の間、古井さんの頭のなかの言語的な結びつきであるとか、それと創作との関係であるとか、できればそのあたりについて聞かせていただけると幸いです。

古井 病苦が深くなると、言語が意味を失いますよね。言語には言語としてのしっかりした働きがあるのですが、それがせいぜいぎりぎりの伝達ばかりになってしまう。その伝達の役目も果たしてないいんじゃないかとまで思われる。つまり、言語の解体をいささか見る。ところが、何事でも解体すると新しい結合に入りそうになる。そこで危機のなかで、言語が一方では解体して、一方では再生するという境があるんじゃないか。

「役」というのは、もともと「労役」の「役」から来るんですよ。「戦」も、「疫病」と根はひとつなんです。民がつぎつぎに兵役に取られるように流行病に取られる。「疫」はまた「飢え」からも来る。「戦」も「飢え」から来ることがある。さらに「飢え」を招く。「戦」と「疫」と「飢え」とは三位一体のものです。これも言語が解体しかかり、それから新しい結合に入りかかる境ではないのか。

古来より、文学が新しい形になって再生してくる時期を見ると、実はかなりひどい時期が多い。戦、疫病、飢えが続出するなど、どうも世の中がひどい状態だからであったらしい。文学というのは、やっぱりそういう厄災と深い関係があるんじゃないかと僕は思っています。

阿部　たしかに、疫病の出てくるシーンはすごく印象的で、しかも病気とか噂とか何か蔓延するものが周りから迫ってきて、そこで物語が生まれるような、そういう感覚というのでしょうか。

古井　戦も疫病も飢えも、個を壊していくでしょう。その個を壊したところから神話的な現実が出てくるってこともありますね。

質疑応答3　『山躁賦』と『草枕』

——今回の三作と『杳子』しか読んでないんですけれども。古井さんの小説は漱石と場を共有されているんじゃないかなと、その四作品に関しては思いました。例えば、『辻』だったら『坊ちゃん』を親子の解釈で捉えられる。『坊ちゃん』が愛を書いたなら、古井さんは逆の念に行っている、と。このように古井さんが場を共有されて書いていたら、たいへん面白いと思ったのですが、そういうことはあるのでしょうか。

古井　そうね、『辻』と『坊ちゃん』とは、かなり苦しいけれど（笑）。ただ、『山躁賦』と『草枕』とはね。『山躁賦』は『草枕』にともぶれしたところがあります。事を重ねていくのか、それとも分けていくのか、わからないところが『草枕』にはあるでしょう？

しかし、あれだけ自在に語れたらいいものですよね。漢文口調、和文口調もまだ残っていたからできたことなんでしょう。僕らの口語文というのはまじめすぎて、なかなか走れないんですよ。

阿部　いま『山躁賦』の話が出たので思い出したんですけど、それまでに書かれてきた作品と方向が違う、歌謡口調というか、はしゃいだような感じというのが面白いと思う作品でした。たしかに『草枕』と、何か通ずるところがあるのかなという気はしましたね。

古井　実は、もう小説を書くの辞めようかと思った時期なんですよ。

阿部　そうすると、さっき仰った「違うものが出てきた」という、そのタイミングだったということですね。新しい方向性を感じさせる作品だったと思います。

質疑応答4　「左翼的なレトリック」という表現

——古井さんの『人生の色気』のなかに「左翼的なレトリック」[*24]という一説があって、僕はその言葉を全然知らなかったんですけど、少し勉強して「なるほど」と思ったという経験があります。その「左翼的なレトリック」を古井さんの言葉で教えていただけたら幸いです。

古井　世の中、過去から現在、さらに未来に向かって進化してよりよくなる。古いものを乗り越えていかなきゃいけない、断ち切らなきゃならない。そういうストーリーのなかで初めて生きてくる言葉がいろいろあったんです。「左翼的なレトリック」というのは、まあ、その弁証法の展開に適っているのでしょうね。

僕がそこで引き合いに出した「内向」というのは、外側に働きかけないで自分の内にばかり包み込むのを批判した言葉なんです。それでは闘争にならない。それがそのまま文学の批評の言葉に持ち込まれた。そのとき、もう大学では全共闘の騒ぎがあったので、それまでの左翼がどういうところに追い込まれているかよく見えていたのに、なぜああいう言葉をいまさら持ち出されたのか、不審に思っていました。

阿部　いまの質問も面白いと思うんですけども。古井さんが、特に七〇年代に書かれていたときに、そういう「左翼的なレトリック」というのはたしかに空気のなかに残っていて、それに対してどう対処するかということを、やはり意識されていたのかなと文章を読んでいつも思うわけですね。それこそ、先ほどの誰かに向けて語るというのとも関係するかもしれない。一種の抵抗としての文章というか……。

古井　抵抗と言わないけれども、ある種のレトリック、ある種の論議の結合、これを徹底的に自分に封じていく。そこで文章を書くという、そういうことなんですよ。

質疑応答5　自作の外国語訳は読むか

――古井さんの作品は外国語にいくつも翻訳されています。例えば、ドイツ語にも翻訳されていますが、ご自分でお読みになりますか。

古井　自分のものを自分で読むというのは、つらくてね（笑）。最初の方しか読みませんね。とてもとても自分のものを、しかも外国語だから時間かけないと読めませんよね。そんなふうに自分と付き合うのはつらいことで。近頃、『山躁賦』の仏訳が出て、十年来の仕事なんですよね。たいへんありがたいと思うけど。またここのところフランス語にも疎くしてるし。だいたいどんな方向で訳したのか、最初の一ページぐらい読むと納得もいくので、その後は読まないようにしています。

僕は、もう活字になったら人様のものと思えという方針でいますので、まして翻訳となっ

＊24　**「左翼的なレトリック」**　「「内向の世代」という呼び名も妙なもので、もう他につける言葉がなくなったんじゃないの、というぐらいのものでした。「内向」は左翼用語で、外に対して闘わない、という意味で使われていました。「われわれ自身を省みて」なんて発言した瞬間には、「そんな内向的なことを言っていたら闘えないぞ！」と突き上げを食らった時期があった。左翼的なレトリックを弄さない態度が、すなわち「内向」ということでした」（古井『人生の色気』三五頁）

たら、そこの国のものだと思っています。

質疑応答6　空襲の極限状況と日常

——先ほど空襲の話がありました。その空襲の極限状況と、それから日常性ということを仰っていたと思うんですね。それらの関係がどうなっているのか。例えば、空襲のような極限状況というのは、もう過去の記憶として押し込まれているのではなくて、現在に生々しく表れかねないものである、と。そして夢と現実とか、生と死という境界がぼやけた世界をつねにお書きになっていると思うんです。

そういう状況で、「ああいう極限的な状況を生きてきたのに、なんでいまこういう平凡な日常があるんだろう」っていうある種の日常性に対する驚きというような感覚、そういうものにつながっていることはあるのでしょうか。

古井　そうとは限らない。というのは、極限的な状況ではありましたけれど、そのときにすぐに日常が待っているんです。夜のうちに、いや未明の二、三時間のうちに、あたり一帯焼け払われる。すると土地の境もないし、昨日、今日、明日という時間の流れも断ち切られる。でも、そうは言うものの、一度危機が過ぎたら、たちまち日常は戻ってくる。衣食住というのは日常のことです。バラックで寝ていたって、やっぱり日常なんですよ。

つまり、極限状況と日常が隣り合ってある、このことなんです。どうかすると、一つに融ける。極限状況の恐怖に遭ってきた人間は、その最中でも、その恐怖を遮断しないと生きられない。足がすくんで逃げられないでしょう。後の記憶となっても、やっぱり恐怖を遮断し続けないと生きられない。でも押し込めば噴き出す。噴き出しそうになる。隠せば現れるということで、遮断した上で成り立っている日常と、遮断されたその底にある危機、これらが微妙な重なり合いをする。僕はそういう日常を、もう一度いまの日常に見つけてみたいと、そういうことなんです。

阿部　空襲、もしくは戦争体験のことはいろいろな書かれ方をされていて、単純に一言で説明できないものです。また、小説という形で書いているときと、先ほどの自叙伝のときで微妙に違って、どちらが良い悪いではなくて、全く違うので面白いと本当に思います。もし未読の方がいらしたら、『半自叙伝』での空襲のシーンが素晴らしいので、ぜひ読んでいただければと思います。

（二〇一五年五月二八日、東京大学本郷キャンパス 総合図書館にて収録）

＊インタヴュー動画は、次のウェブサイトよりご覧いただけます（一部有料）。

［飯田橋文学会サイト］
http://iibungaku.com/news/2_1.php

［noteの飯田橋文学会サイト］
https://note.mu/iibungaku/n/nf4939ec05276?creator_urlname=iibungaku

関連年譜

一九三七年（〇歳）　一一月一九日、東京都荏原区平塚（現在の品川区旗の台）に生まれる。

一九四五年（八歳）　未明の山手大空襲により罹災。岐阜県に疎開し、そこで終戦を迎える。

一九五三年（一六歳）　虫垂炎をこじらせて腹膜炎で四〇日入院。獨協高校に入学してドイツ語を学ぶ。後に日比谷高校に転校。文学同人誌『驚起』に所属。

一九五六年（一九歳）　東京大学文科二類に入学。「歴史学研究会」に所属、明治維新研究グループに加わる。登山初体験。

一九六〇年（二三歳）　東京大学文学部ドイツ文学科を卒業。卒論はカフカ。同大学院修士課程に進学。

一九六二年（二五歳）　修士課程修了。修士論文はヘルマン・ブロッホ。助手として金沢大学に赴任。ピアノの稽古開始（すぐやめる）。

一九六四年（二七歳）　岡崎睿子と結婚。ロベルト・ムージル論発表。

一九六五年（二八歳）　立教大学に転任。教養課程でドイツ語を教える。ヘルマン・ブロッホ、ノヴァーリス、ニーチェについて論考を発表。

一九六六年（二九歳）　文学同人「白猫の会」に参加。どちらかというと翻訳に励む。

一九六七年（三〇歳）　ブロッホの長編小説「誘惑者」を翻訳（筑摩書房版『世界文学全集56　ブロッホ』所収）。ギリシア語の入門文法を一通りこなす。競馬を開始したのもこの頃。長女誕生。

一九六八年（三一歳）　一月、処女作「木曜日」を『白猫』八号、一一月「先導獣の話」を同九号に発表。

ロベルト・ムージルの「愛の完成」「静かなヴェロニカの誘惑」を翻訳（筑摩書房版『世界文学全集49　リルケ　ムージル』所収）まとめて虫歯を治療し、医者が「老化」に言及。

一九六九年（三二歳） いくつかの短編を『新潮』など雑誌に発表。この年、次女誕生。

一九七〇年（三三歳） 短編集『円陣を組む女たち』（中央公論社）、中編集『男たちの円居』（講談社）を刊行。立教大学助教授を退職。阿部昭、黒井千次、後藤明生らと知り合う。

一九七一年（三四歳） 「杳子」（前年『文芸』に掲載）により第六四回芥川賞を受賞。『杳子・妻隠』（河出書房新社）。古井を含むこの時期の作家は「内向の世代」と称される。この年、母鈴死去。関西のテレビに天皇賞番組のゲストとして登場。ダービー観戦記「橙色の帽子を追って」を『優駿』（日本中央競馬会）に書く。

一九七五年（三八歳） 長編『櫛の火』（河出書房新社）が日活より映画化される。後藤明生・坂上弘・高井有一と四人で同人雑誌『文体』を創刊。

一九七九年（四二歳） この頃から、芭蕉らの連句、心敬・宗祇らの連歌、さらに八代集へと惹かれる。

一九八〇年（四三歳） 『言葉の呪術――全エッセイⅡ』（作品社、一九八〇年）。『栖』で第一二回日本文学大賞を受賞。『文体』が一二号をもって終刊。

一九八一年（四四歳） 粟津則雄、吉増剛造、菊池信義らと連句を始める。

一九八二年（四五歳） 連作短編集『山躁賦』（集英社）。父英吉死去。

一九八三年（四六歳） 長編『槿』（福武書店）で第一九回谷崎潤一郎賞を受賞。

一九八四年（四七歳）　粟津則雄、入沢康夫、渋沢孝輔、中上健次らと同人誌『潭』を創刊。

一九八六年（四九歳）　「中山坂」を『海燕』に発表。芥川賞（第九四―一三二回）の選考委員となる。

一九八七年（五〇歳）　「中山坂」で第一四回川端康成文学賞を受賞。

一九八八年（五一歳）　カフカ生誕の地、チェコの首都プラハなどに旅行。

一九八九年（五二歳）　長編『仮往生伝試文』（河出書房新社）。

一九九〇年（五三歳）　『仮往生伝試文』で第四一回読売文学賞を受賞。欧州旅行。東西ドイツの統合に遭遇。

一九九一年（五四歳）　椎間板ヘルニアの手術と療養のため、五〇日間入院。

一九九六年（五九歳）　長編『白髪の唄』（新潮社）。

一九九七年（六〇歳）　『白髪の唄』で第三七回毎日芸術賞を受賞。

一九九八年（六一歳）　右眼の網膜円孔（網膜に微少な孔があく）の手術のために入院。

一九九九年（六二歳）　再び、右眼の網膜円孔の手術。左眼の網膜治療に伴う白内障手術のため入院。

二〇〇〇年（六三歳）　新宿の酒場「風花」での朗読会。以降、定期的に開催（二〇一〇年四月終了）。

二〇〇四年（六七歳）　「辻」に始まる連作を『新潮』に発表。

二〇〇五年（六八歳）　連作「辻」を不定期連載。

二〇〇六年（六九歳）　連作「黙躁」を『群像』に連載開始。連作短編集『辻』（新潮社）。

二〇〇七年（七〇歳）　連作「黙躁」を『群像』に掲載。連作「黙躁」をまとめた連作短編集『白暗淵』（講談社）を刊行。頸椎を手術のため入院。

二〇〇八年（七一歳）　毎日新聞に月一回のエッセイを連載開始。『新潮』に連作を始める。

二〇〇九年（七二歳）　前年からの連作を『新潮』に発表。日経新聞に週一度の連載を始める。『人生の色気』（新潮社）。

二〇一〇年（七三歳）　『新潮』での連絡をまとめた連作短編集『やすらい花』（新潮社）を刊行。

二〇一一年（七四歳）　三月、東日本大震災。連作短編集『蜩の声』（講談社）。

二〇一二年（七五歳）　『古井由吉自撰作品』全八巻（河出書房新社）、刊行開始。

二〇一四年（七七歳）　連作短編集『鐘の渡り』（新潮社）。『古井由吉自撰作品』の月報をまとめた『半自叙伝』（河出書房新社）を刊行。

二〇一五年（七八歳）　大江健三郎との対談集『文学の淵を渡る』（新潮社）を刊行。連作短編集『雨の裾』（講談社）。

二〇一七年（八〇歳）　短編集『ゆらぐ玉の緒』（新潮社）。

著作目録

小説

『円陣を組む女たち』中央公論社、一九七〇年／中公文庫
『男たちの円居』講談社、一九七〇年／『雪の下の蟹・男たちの円居』講談社文芸文庫
『杳子・妻隠』河出書房新社、一九七一年／新潮文庫

古井由吉

『行隠れ』河出書房新社、一九七二年／集英社文庫
『水』河出書房新社、一九七三年／講談社文芸文庫
『櫛の火』河出書房新社、一九七四年／新潮文庫
『聖』新潮社、一九七六年／『聖・栖』新潮文庫
『女たちの家』中央公論社、一九七七年／中公文庫
『哀原』文藝春秋、一九七七年
『夜の香り』新潮社、一九七八年／福武文庫
『栖』平凡社、一九七九年／『聖・栖』新潮文庫
『椋鳥』中央公論社、一九八〇年／中公文庫
『親』平凡社、一九八〇年
『山躁賦』集英社、一九八二年／講談社文芸文庫
『槿』福武書店、一九八三年／講談社文芸文庫
『明けの赤馬』福武書店、一九八五年
『眉雨』福武書店、一九八六年／福武文庫
『夜はいま』福武書店、一九八七年
『仮往生伝試文』河出書房新社、一九八九年／講談社文芸文庫
『長い町の眠り』福武書店、一九八九年
『楽天記』新潮社、一九九二年／新潮文庫
『陽気な夜まわり』講談社、一九九四年

『白髪の唄』新潮社、一九九六年／新潮文庫
『木犀の日——自選短編集』講談社文芸文庫、一九九八年
『夜明けの家』講談社、一九九八年／講談社文芸文庫
『聖耳』講談社、二〇〇〇年／講談社文芸文庫
『忿翁』新潮社、二〇〇二年
『野川』講談社、二〇〇四年／講談社文庫
『辻』新潮社、二〇〇六年／新潮文庫
『白暗淵』講談社、二〇〇七年／講談社文芸文庫
『やすらい花』新潮社、二〇一〇年
『蜩の声』講談社、二〇一一年／講談社文芸文庫
『鐘の渡り』新潮社、二〇一四年
『雨の裾』講談社、二〇一五年
『ゆらぐ玉の緒』新潮社、二〇一七年

評論・随筆など

『東京物語考』岩波書店、一九八四年／岩波同時代ライブラリー
『招魂のささやき』福武書店、一九八四年
『裸々虫記』講談社、一九八六年
『「私」という白道』トレヴィル、一九八六年

古井由吉

『日や月や』福武書店、一九八八年
『ムージル――観念のエロス』岩波書店、一九八八年
『招魂としての表現』福武文庫、一九九二年
『魂の日』福武書店、一九九三年
『半日寂寞』講談社、一九九四年
『折々の馬たち』角川春樹事務所、一九九五年
『神秘の人びと』岩波書店、一九九六年
『山に彷徨う心』アリアドネ企画、一九九六年
『ひととせの――東京の声と音』日本経済新聞社、二〇〇四年
『聖なるものを訪ねて』ホーム社、二〇〇五年
『詩への小路』書肆山田、二〇〇五年
『始まりの言葉』岩波書店、二〇〇七年
『ロベルト・ムージル』岩波書店、二〇〇八年
『漱石の漢詩を読む』岩波書店、二〇〇八年
『人生の色気』新潮社、二〇〇九年
『半自叙伝』河出書房新社、二〇一四年／河出文庫

作品集

『古井由吉全エッセイ』全三巻、作品社、一九八〇年　※第Ⅱ巻『言葉の呪術』

『古井由吉作品』全七巻、河出書房新社、一九八二―八三年
『古井由吉自撰作品』全八巻、河出書房新社、二〇一二年

翻訳

「誘惑者」『世界文学全集　第56　ブロッホ』筑摩書房、一九六七年
『新版　筑摩世界文学大系64　ムージル　ブロッホ』筑摩書房、一九七三年
「愛の完成」「静かなヴェロニカの誘惑」『世界文学全集　第49　ムージル』筑摩書房、一九六八年
『愛の完成・静かなヴェロニカの誘惑』岩波文庫、一九八七年

＊原則として単独著・訳を示す。編著、共著は割愛した。
＊著作は、『書名』出版社、出版年／最新の文庫を示す。
＊講談社文芸文庫などを参考にした。

（作成・編集部）

ことばのなり、ざわを聴く

インタヴューを終えて

古井由吉

古井さんのインタヴューが原稿化されたので、当時のことを思い返しながら読んでみた。おや？　と思うところがいくつかある。やり取りはほとんど全部記憶に刻んだつもりでいたのだが、「え？　そんなこともお話しになったのか？」とはじめて目にするような発言がいくつかあるのだ。

インタヴューでは、私はふだんの注意散漫さからは考えられないほど集中して古井さんのことばに耳を傾けていた。その数週間後、スタッフの方々と七時間くらいかけて映像の点検・編集作業も行った。古井さんの言葉は一字一句頭に入ったと思っていた。しかし、この九十分にも足らないインタヴューの中で、古井さんは何と多くのことを語ったことだろう。自身の転機。音律のこと。翻訳のこと。歌と呪術の力。「私」からの解放。病。放物線。その話題の一部が私の記憶から抜けていたとしたら、それは私が古井さんの話者としてのパフォーマンスに没頭し、酔っていたせいではないかと思う。

ことばは意味だけではない。形が大事、というのが今回のインタヴューの大事なポイントだったが、古井さんのお話そのものがこれを体現していた。映像をご覧になった人は誰もが古井さんのあの長い呼吸——ぬぅっとふくれあがるような「間」——に強い印象を受けるだろう。その「間」の一部は編集の際にカットされてしまったかもしれないが、会場で古井さんのことばに直接耳を傾けた私たちは、話を聞いたというより、話と話をつなぐ、あの「間」をこそ聞いていたと言っても過言ではない。だからこそ、私は「あ、こんなこともお話しになったのか？」と後で発見することになった。

内容としてとりわけ印象に残ったのは、副詞の話題である。古井さんの「やがて」や「ようやく」「そのとき」といった時をあらわす副詞の使い方には強烈な古井臭が漂っている。そのことについて、古井さんからは以下のような説明があった。

時を表す副詞というのは、とても難しいんですね。使っていても、手ごたえがなくなることがある。この言葉で、はたしていいのかどうか。（中略）自分で書いていて、時や場所を表す副詞が生きていると感じられるときには、これはまあ、よく書けているときと取ってよいのでしょう。滅多にないことですけど。こだわってこだわった、その名残みたいなのが、最後に作品に残るんだと思います。

考えてみればこれも、あの「間」とからむ。古井さんの文章を生かしているのは、ことばがことばになるそのなりぎわのプロセスなのである。言い換えてしまったり、要約したりすることは不可能である。目に見えない、意味となっているかどうかも定かではない、でも何かが起きている。そこに巻きこまれる。古井さんの言葉を、私たちはそうやって生きるのである。

話の中で古井さんが野球のピッチャーの比喩を使われたのはとてもおもしろかったが、とくに「放物線」のイメージはしっくりきた。

文章の構造、あるいは論理の構造だって、言ってみれば「放物線」ですよね。まず登って、頂点を回るときに異質な世界を覗かせて、それからまた下ってなだらかに腑に落ちる。(中略)ただ、これは体操の選手と違いますからね。着地するとき、よろめいたり、つんのめったりするのも、また文章のうちなんですよ。

何という柔軟で、かつ広々とした視点かと思う。意味が生まれたり、あるいは生まれなかったりする。揺れたり、倒れたり、陥没したりする。そういう部分も含めて文章なのである。まさにことばの真髄だ。そんな境地をじっくり体験し、記録に残せたのだとしたら、ほんとうに喜ばしいことである。

阿部公彦 ✷

Abe Masahiko

一九六六年、神奈川県生まれ。東京大学文学部卒。同修士を経て、ケンブリッジ大学でPh.D.取得。ケンブリッジ大学でPh.D.取得。二〇〇一年から東京大学大学院人文社会系研究科・文学部准教授。専門は英米文学。一九九八年「荒れ野に行く」で早稲田文学新人賞、二〇一三年『文学を〈凝視〉する』でサントリー学芸賞を受賞。著書に『モダンの近似値』『英詩のわかり方』『スローモーション考』『小説的思考のススメ』『詩的思考のめざめ』『英語的思考を読む』『善意と悪意の英文学史』など、訳書に『フランク・オコナー短篇集』、バーナード・マラマッド『魔法の樽　他十二篇』などがある。

何を書いてきたかって、愛と情熱じゃないかしら

瀬戸内寂聴

✷

『夏の終り』
（1963）

『美は乱調にあり』／『諧調は偽りなり』
（1966）　（1984）

『源氏物語』現代語訳
（1998）

［聞き手］
平野啓一郎

瀬戸内寂聴 ✷

Setouchi Jakucho

一九二二年、徳島県生まれ。東京女子大学卒業。五七年「女子大生・曲愛玲」で新潮社同人雑誌賞、六一年『田村俊子』で田村俊子賞、六三年『夏の終り』で女流文学賞を受賞。七三年に中尊寺で得度受戒。法名・寂聴（旧姓・晴美）。七四年、京都・嵯峨野に寂庵を結ぶ。八七年より二〇〇五年まで岩手県天台寺住職。九二年『花に問え』で谷崎潤一郎賞、九六年『白道』で芸術選奨文部大臣賞を受賞。九七年、文化功労者に選ばれる。二〇〇一年『場所』で野間文芸賞、〇六年、イタリアの国際ノニーノ賞を受賞。同年、文化勲章を受章。一一年『風景』で泉鏡花文学賞を受賞。九八年に『源氏物語』現代語訳を完訳。小説に『花芯』『かの子撩乱』『比叡』『青鞜』『秘花』『求愛』など、その他に『寂聴 般若心経』『奇縁まんだら』など多数。

瀬戸内晴美から瀬戸内寂聴へ

平野　この〈現代作家アーカイヴ〉では、インタヴューを受けていただく作家の皆さんに、それぞれ代表作を三つ選んでいただいて、お話を伺うことになっています。今回、瀬戸内さんがお選びくださったのは、『夏の終り』という、もう何度も映画やドラマになっている有名な作品と、『美は乱調にあり』、『諧調は偽りなり』という、書かれた年代は少し時間が空いていますが、セットで一つの話になっている連作と、『源氏物語』の現代語訳です。瀬戸内さんの初期の創作から最近の仕事に至るまで、ほどよく分布されたセレクションになっていますので、これらの作品を中心にお話を伺っていきたいと思います。

　最初の『夏の終り』は、瀬戸内さんの出世作ですね。まずは作家になられるまでのことを少し伺って、デビュー作を経て『夏の終り』に至るまでのお話をお伺いしたいです。瀬戸内さんは一九二二年五月一五日に徳島県徳島市に生まれ、本名は「晴美」というお名前でいらっしゃる。最初は三谷家の次女として生まれ、その後、お父様が瀬戸内家の養子に入られて、女学校時代に瀬戸内姓に改名されたということですが。

瀬戸内　はい。家族養子というのでしょうか、家族全部が養子縁組をしました。

平野　瀬戸内晴美という名前で随分と本を書かれていますが、まるでペンネームのようなお名前ですね。瀬戸内海にこう、晴れた美しい空が広がっているかのような。晴美というのはもともとは三谷という名字に付けられた名前だと思うのですが、瀬戸内という名前とも妙にぴったりですね。美しいお名前です。

瀬戸内　瀬戸内晴美ってね、宝塚みたいでしょう。宝塚にこの名前の真似をした人がいるんですよ。でも気恥ずかしい、何となくね。

それで前からね、瀬戸内晴美もいいけれど、八十歳になったらどうかなあと思っていたんです。それで五十一歳で出家しまして、「寂聴」という法名をいただきましたから、「あぁ、これはちょうどいい」と思って、「瀬戸内寂聴にする」と言いましたら、出版社が嫌がるんです。瀬戸内晴美で売っていましたから、瀬戸内寂聴なんて売れないと言うんです。それで、出家してからもしばらく晴美を使っていたんですけど、やっぱり書きにくいでしょ。だからもういいじゃないかと思って、あるときから寂聴にしたんです。いまは、昔の瀬戸内晴美で出版していたものも全部、瀬戸内寂聴に直しています。

平野　そうですか。僕も実は誤解していて、出家された後、すぐに瀬戸内寂聴の名前で書き始めたと思っていました。ところが、作品をずっと辿っていくと、寂聴に変わられたのが出家してから随分と後だったので、その理由も伺おうと思っていました。出版社のせいだったんですね。逆に、いまの若い学生とか、瀬戸内晴美という名前を聞いてもわからないかもしれません。

瀬戸内　若い人は、その名前は知らないですね。だから「お子さんですか」とか、「お孫さんですか」なんて言う人がいます。

平野　子どもの頃は、瀬戸内晴美というお名前は気に入っていたんですか。

瀬戸内　もう気に入っていましたね。二人姉妹なんですけど、姉が「艶《つや》」っていうんですよ。だから、私、お父さんに、「お姉さんができたときは色っぽい芸者さんが好きで、私ができたときは場末のカフェの晴美さんが好きだったの？」と聞いたら、怒られましてね。

父親は、私のときは、男の子が欲しかったんです。それで女の子だったでしょう。生まれても、なかなか名前を付けてくれなかったんです。そのときはまだおばあちゃんが生きていて、「かわいそうだから早く付けてやって」と父に言ってくれて。そしたら「晴美」って、ぱっと言ったんですって。生まれたのが五月一五日ですから、そんな感じがしたんでしょうね。

幼少期に本と出会う

平野　ずっと徳島で育たれて、大学に行くまでいらしたそうですが、本を読むこと、特に文学に興味を持つようになったのはいつ頃からなんでしょう？

瀬戸内　姉は五つ年が違うんです。その姉が早くから少女雑誌とか小説とか読んでいたから、それを私も読んだんです。もう学校へ上がる前から字は覚えて、本が好きで、とにかく姉の読むものを全部一緒に読んだから、ませてね。

姉が小学生のとき私は幼稚園で、家までが遠かったんです。だから、帰りは幼稚園が終わると姉の教室へ行って、その一番前に先生が席を作ってくれて、そこに座って授業が終わるまで待っているんです。だから幼稚園のときに、五つも年上の小学生の授業を受けているわけ。

平野　おとなしく座って、授業をちゃんと聞いていたんですか。

瀬戸内　わからないけどね。先生が、キンダーブックとかいろいろな本を私に貸してくれて、私は窓際の一番前の席でそれを一生懸命見ていたんです。

平野　本を読むのは最初から好きだったのですね。

瀬戸内　そうそう、好きだった。私に席を作ってくれた姉の小学校の先生は、フルシマハルコ先生というお名前でしたけれど、その方が大変な文学少女だったの。お宅へ行くと、もう壁にいっぱい、その頃の明治大正文学全集から外国の翻訳文学全集なんかあるんですよ。それを姉に貸してくれたんです。そして私も一緒に読んだの。だから、読む本には不自由しなかった。

小学校に行きだしてからは、すぐ近くに光慶図書館[*1]という蜂須賀さんの図書館が徳島公園（現・徳島中央公園）のなかにあるんですね。そこへ行くようになりまして、本を借りて読むということを覚えて、日曜日はほとんど図書館に行っていました。

平野 本は買って読むというより、図書館で借りてきて読むものだったのですね。最初に文学作品で面白いなと思われたのは、どういう小説ですか。

瀬戸内 それは覚えてないけれども、翻訳小説が面白かったですね。小学生では難しいものはわからないから。でも『女の一生』[*2]とか、それなりに面白かったです。

平野 当時、徳島で翻訳小説を手に入れることは、比較的容易だったんですか。

瀬戸内 岩波文庫がありましたから。いまの若い人たちは本を読まないのは当たり前でしょう。でもその頃は、本を読まない男の子なんて女の子は相手にしなかった。だから、デートなんて言葉はないけど、逢い引きするときは男の子は誰も読まないのに、岩波文庫の哲学書をポケットに入れていくんです。そしたら女学生が、「あ、この子はいいな」と思ってね、それで仲良くなる、そんな感じだったですよ。楽しみがないですから。映画は見ちゃいけない、音楽は聞いちゃいけない、何でもいけない時代でしたから、本を読むことは唯一の快楽だった。

平野 ご家族では、お姉さま以外に、ご両親も本は読まれていたんですか。

瀬戸内 いやいや、うちはもう父親も母親も没落家族の末ですからね。父親の方は、父の

＊1 **光慶図書館** 徳島県立光慶図書館（現・徳島県立図書館）。一九一七年に大正天皇即位記念として開館。徳島藩主であった蜂須賀氏が所蔵していた典籍が移管されていた。

＊2 **『女の一生』** フランスのモーパッサンによる長編小説。一八八三年に刊行。

お父さん、私にとってはお祖父さんに当たる人は讃岐の人で、村の和三盆の製糖造の一番長で偉かったんですよ。ところが、「飲む、使う」を番頭に教えられて。田舎を巡業する芝居があるでしょ、それが好きで、あるとき村にやってきた女芝居の座長にひと目で惚れて、その一座に付いて家出しちゃったんです。だから、ちょっとその血を受けているじゃないのかしら、私（笑）。

それで、和三盆の製糖所は潰れるし。父を含め男の子三人と女の子一人の四人の子どもがいて、残されたおばあちゃんは苦労したらしいですよ。父親はそのとき小学校五年だったんですって。成績はすごく良かったんだけれども、もうすぐに徳島の指物職人のところへ奉公にやられた。だから本なんかほとんど読まない。

母親の方は、やっぱり本が好きで、でも十三歳のときに母のお母さんが死んで、長女でしたから弟や妹がうじゃうじゃといた。その世話をしなければならなくて、かわいそうだったんですけどね。でも、母の妹である叔母に言わせたら、田舎でね、貸本屋が必ずうちへ寄るのは母が借りるからだったんですって。姉さんに、貸本屋が来るんですと言うのね。それで毎日一番日当たりのいい、風の通る座敷で寝っ転がって、貸し本を読んでいたって。

平野　その血を受け継いでいるんですね。

瀬戸内　そうですね。平野さんのように、うちに本はなかったですよ。だけど、お友だちに本をたくさん持っている子がいてね。私は成績が良かったから、クラスで一番でしょ。

二番の子は高利貸しの娘で、家庭教師を付けてやっと二番になるの。その子のおばさんは女子大に行っていて、おうちへ行くと、本が壁いっぱいに並んでいるんですよ。「これはいい」と思って、仲良くなって、毎日その子のうちに行って、私が全部読んじゃった。だから本には不自由しなかったわね。

書き始めたのは女学校時代

平野　その頃、何か書き始めたりしていたんでしょうか。小説とか短いものとか、ご自分で書いたりしていましたか。

瀬戸内　書くのは、女学校（徳島高等女学校）に行ってからね。女学校に入って、絵のとても上手なお友達がいて、彼女に「挿絵画を描いてね」と言って、私は何か小説みたいなものや詩なんか書いて、原稿用紙を綴じた文集を作ったりしていました。

平野　そうですか。それはまだ残っているんですか。

瀬戸内　いや、残ってない。

平野　その頃はもう将来、小説家になりたいとか、そういうことは考えました？

瀬戸内　小学校三年のときに、先生が「名前は書かないでいいから、大きくなったら何になりたいってお書きなさい」という時間があってね。一人ひとりが書いたものを、先生が読んで発表するの。髪結いさんになりたいとか、早く結婚したいとか、お母さんになりたいとか、いろいろなものがあるなかに、小説家になりたいというのが一つあったんですよ。そしたら皆が私の方を見るの。だから、そういう感じだったんでしょうね。

平野 もうすでにクラスの皆からは、瀬戸内さんは、本を読むのが好きで文章も上手というふうに思われていたのですね。

瀬戸内 「綴り方」と言っていましたね。

平野 瀬戸内さんが東京女子大学に進学されるのは、一九四一年だと思うんですけど。

瀬戸内 もう覚えてない。でもそのとき、「紀元二千六百年」[*3]というのがありましてね。

平野 ということは、一九四〇年ですかね。大学に入る前の四国にいらしたときは、当時もう太平洋戦争が始まる直前で、日本は中国とずっと戦争をしていたと思うのですが。でも先ほどからお聞きしているかぎりでは、読みたいものが手に入らないとか、そういうことはあまり感じられなかったのですね。

瀬戸内 そうですね。光慶図書館に通っていましたから。小学生でそこに通っている子は、あんまりいなかった。そこへ行ったらもう外国の童話の翻訳とか何でもあって、全部そこで読みました。

平野 それで大学に進学されるわけですが、当時、徳島から東京の女子大に行くような人は周りにいたんですか。

瀬戸内　女学校の卒業生が二百人、そのなかで四、五人、さらに勉強する人がいる。だいたい京都に二、三人行くのね。私のときは、東京に行ったのは二人でした。一人は日本女子大で、私は東京女子大。

平野　なぜまた東京に行こうと、そのときに思われたんですか。

瀬戸内　徳島の県立高等女学校って非常に硬い学校なんです。汚い校舎でね（笑）。そこの壁にとても綺麗なポスターが貼ってあったの。それが東京女子大のチャペルの写真だったんです。「わあ」と思って。東京女子大の勧誘のポスターなのね。そのチャペルの写真を見て、こんな学校があるなら行きたいと思ったんです。やっぱりポスターって決め手ね。

そしたら数学の先生がいて、私の担任ではなかったんですけど、「あなた、東京女子大に行きたいの？」と言ったから、「はい、行きたいです」と。「どうして日本女子大にしないの？」と言うから、調べたら日本女子大はその頃試験がなかったの。東京女子大は試験があるの。それから奈良の女高師（奈良女子高等師範学校）も、試験があった。それで、奈良の女高師は何か難しそうだし、試験がないところは嫌だし、だからちょっと試験があって易しそうな東京女子大がいいと思ったんですよ、それだけ。

平野　ご両親は、東京女子大に行くことには反対されなかったのですか。

＊3　**紀元二千六百年**　一九四〇年に神武天皇即位紀元（皇紀）二千六百年を祝い、さまざまな記念行事が行われた。

瀬戸内　何も反対などしません。父親は放任主義ですし、母親は自分がそういうことをしたかったのね。だけどそれができなかったでしょ。貧しい職人の父親のところへお嫁にやられたからね。結婚生活は「箸が四本、お茶碗が二つで始まった」と母は言っていました。それは大げさに言っていると思うんですけど、そんな生活でしたから、母親にとっては大学に行くのは夢だったんですよね。

平野　じゃあ、瀬戸内さんが東京の大学に行くと決心されたときには、頑張って行ってきなさいという感じだったんですか。

瀬戸内　父親は、「勉強したければいくらでもしろ」という感じでしたね。

大学進学と小説家への夢

平野　大学に行かれてからは、将来小説家になりたいという思いを、さらに具体的に考え始めていたんですか。

瀬戸内　そう。大学に行ったら、そこに同人雑誌があると思っていた。そしたら東京女子大というのは、そういうの一切ないの。だから大学では、ただ自分で本を読んでいただけ。

平野　本を読みながら、そのときもう小説の習作みたいなものは書いたりされていたんですか。

瀬戸内　いや、そこまではまだ。だって書き方も知らなかったから。それに、東京へ行ったら、私程度にできる子はいっぱいいるでしょ。だいたい大学を受けるときね、最初に数学の先生が「落っこちるから予備校に行け」と言って、渋谷に予備校があって、そこに行ったんですよ。そしたら、予備校の先生の言うことが何もわからないの、難しくて。英語や数学も、さっぱりわかんない。「これじゃ、もう落ちる」と思って、それなら「まあ遊んでやれ」と。

それで周りの人の話だけ聞いていたんです。そしたら皆、いろいろ苦労していてね。私も東京女子大はもうだめだと思ったから、試験に行って来たことも皆に言わないでおとなしくしていた。そしたら、入ったんですよね。これはよかったと思って。それで大学に行ったぐらいですから。そんな自分が小説家になるなんて思ったのは大きな間違いだったと、大学に来て思いましたね。

世の中にはもっとできる子がいて、私なんか小説家にとてもなれないと最初に思った。だけど、女子大でも作文があるんです。そしたら他のことはできないんだけど、作文だけは私が一番よかったの。それで先生が読んでくれると、「やっぱり作文はいいんだなあ」と。この道だけだなと思った。

学生結婚、北京へ

平野　瀬戸内さんは、実は在学中にもう結婚されているんですよね。

瀬戸内　そうそう。それがね、親類中に「なぜそんな器量が悪いのに女子大なんかやって、もうますます縁がなくなる」と言われて、お母さんが責められたんですよ。もう親類が集まると、「皆が私を責める」ってお母さんが私に言うものだから、お母さんがかわいそうで。だから、「在学中でも何でもいいから、お嫁に行きます」と言っていたの。そしたら、徳島の女学校の先生が写真持って来てくれて。

平野　はい。それで、お相手の方を気に入ったんですか。

瀬戸内　それが留学生で北京にいて、支那古代音楽史の勉強している人だと言うんで。学者の卵ね。写真は大きな中国人と一緒に写っていて、何か、とにかくちいちゃいんですよね。だけど、どうでもいいと思って、「あ、もう行く行く」と、それで決めた。支那古代音楽史に憧れて行ったのね。

平野　瀬戸内さんが終戦を北京で迎えられたということは存じ上げていたんですけど、あらためて年代を見ると、一九四三年に二十一歳で結婚されて北京に行かれているんですね。

瀬戸内　学生時代に結婚したでしょ。ほんとに皆さん信じられないかもしれないけど、私は夫婦になって教室に行くなんて、そんな恥ずかしいことは嫌だったの。だから「結婚しましたけどセックスはしません」って言ったの。そしたら、うちの亭主もほんとに変わっていて、「あ、いいですよ」って言ったの。それでほんとにセックスしなかったの、籍は入ったけど。誰も信じない（笑）。

平野　結婚する前には他の人と付き合ったりはしてなかったんですか。

瀬戸内　いや、いま言ったって皆さん信じないでしょうけど、女学生の頃から男の子と付き合ったら、もうそれは不良ということになるの。男の子と女の子が一緒に海水浴に行ったら、警察が調べに来て、日記なんか調べて、もう大変だったんですよ。それで停学や休学になってね、そんな時代なの。だから全く男の気がなかった。ほんとになかった。

平野　でも、せっかく結婚したのに、いよいよそういうことになると思って……。

瀬戸内　そんなこと、いまの若い子みたいにしたくないんですよ。そう言ったって皆、信じないけど、ほんとよ。夫は私より年が九つも上だったんですよ。向こうもおかしいんじゃないかと思うんですね。だから処女と、男のしないのは何て言うの？

平野　童貞ですね。

瀬戸内　ええ、童貞。童貞と処女の交わりですよ。ほんとなの。

平野　それで、そのまま北京に行かれるわけですよね。でも一九四三年といえば、もう第二次大戦の末期ですけど、北京に行くことには不安はなかったんですか。

瀬戸内　いや、もう、とにかく日本にいたくなかったの。戦争中だけど嘘ばっかり言ってますでしょ。負けているのに提灯行列なんかしている、そういう時期でしたから、日本はもう嫌だと思ったの。この何か煮詰まったような重苦しい日本にいたくないと。いまになると、家族と別れて、よくそんな北京なんかに行く気になったなと思うんですけど、何か平気だったの。

平野　それもご両親は特に反対はされなかったんですか。

瀬戸内　うちは叔父が、母の弟が早くから満州のハルピンで事業をしていて、ちょっと成功していたんです。だから、母なんかもしょっちゅうハルピンに行ったりして。それで叔母が子どもいっぱい残して早くに亡くなったものですから、母はしばらくハルピンで弟の子どもたちの面倒を見たりしていたんです。父親も面白がって、ハルピンに行って仕事したりしていたんですよ。あの時期はもうその辺に行くことには、皆が平気だった。

夫の教え子との不倫

平野　それで、終戦を北京で迎えられて帰国された後、実は空襲でお母様が亡くなられていたというような話がありまして、これは二〇一四年に出された『死に支度』という作品にも非常に詳しく書かれています。その話も伺いたいんですけど、また大変長い話になるんで、皆さんにはぜひ『死に支度』を読んでいただきたいです。

その後、夫の教え子という人と不倫の関係になり、子どもを残して家を出たということになっていますけど。

瀬戸内　幼い、つまらない、ほんとに稚拙な恋でしたよね。だけど、だいたい恋なんてそうで。この人のここがいいから好きとか、背が高いからとか、器量がいいからとか、野球が上手いからとか、そんなので恋はしないわね。他人が見たら、「ああ、つまんない」と思うような人。

その男と、小説家になってからまた一緒に暮らしたことがあるの。有吉佐和子さんが遊びに来て、たまたま彼を見たんです。それでもう皆にね、「瀬戸内さんの男、つまらない男、なんであんなのと夢中になって、家庭を壊してまで、一緒になったのかしら」って言いふらしたんです。その有吉さんは、有名な人と結婚したんですよね。神《じん》さんて人、有吉さんの結婚の相手。その人を私が見たとき、つまらないと思った（笑）。やっぱり他人が見たら人の夫なんてつまらないんです、皆。決して立派な男じゃない。だいたい、私ってつま

『死に支度』
（講談社、二〇一四年）

らない男が好きなんです。

平野　余談ですけど、先日、瀬戸内さんと谷崎潤一郎についての対談をしましたけど、谷崎潤一郎と佐藤春夫が奪い合った最初の奥さんに関しても、やはり会ってみて、「あ、この人を奪い合ったのか」っていうんで、びっくりしたという話をされていましたね。

瀬戸内　ほんとにびっくりした。佐藤春夫と谷崎潤一郎の両方と結婚した人、千代さんね。あの人は佐藤春夫の詩なんか読むと、どんな美人かと思うでしょ？　私も、きっとすごい美人だろうと思ってたの。ものの本にもだいたい美人だって書いてあるんですよね、元芸者さんで。

私は実物に会っているんですよね。「はあーっ、これがお千代さんか」と。「いらっしゃい」なんて出てきて、もう大きくて太っていて、色が黒くて髪がぼさぼさで。佐藤春夫はもう写真のとおりの人でかっこいいんです。それで奥さんを見て、ほんとにびっくりした。

だけど、すごいんですよ。用があって、一昨日も昨日も佐藤春夫の詩集をずっと読んでいたんですけど、谷崎が佐藤春夫に奥さんを譲るってことで、たいへん有名な話があるでしょ？

平野　はい、細君譲渡事件[*4]ですね。

瀬戸内　あのときに、他にもう一人、若い男がいたんです。探偵小説を書いていた人。あの人がまた、もうまさに結婚してもいいぐらいになってたの。だから千代さんというのは、男がその気になるような人。体が大きな人でしたよ。だけど、美人とは誰も言わないと思う（笑）。

平野　瀬戸内さんご自身も、恋というのは雷に打たれるみたいなもので、理由があって誰をどう好きになるとかではないという話をよくされていますね。

瀬戸内　でもね、せい子さんというのがいたでしょ？　奥さんの妹で、谷崎がとても好きになって、『痴人の愛』のナオミのモデルね。その人は綺麗でした。九十二歳くらい、私ぐらいで死んだんじゃないかな。それで、八十八歳ぐらいのとき私、会ったんですけど、それは綺麗でした。足が細くて、特別の注文の華やかな靴を履いて、足がとっても綺麗だった。

平野　皆さんもそれを記憶にとどめながら、もう一回、谷崎文学を読み返すと印象が変わるのではないでしょうか（笑）。

瀬戸内さんの方に話を戻しますと、一般的には、不倫をして、子どもを残して家を飛び出したというようなことが書かれていますが、もう一方でやはりどうしても小説家になりたいという思いがあのときに強くあったと、少し前のドキュメンタリー番組に瀬戸内さんが出ていらして、最初のご主人のお墓参りをするシーンで、そう言っておられました。自

＊4　細君譲渡事件　一九三〇年、谷崎潤一郎が妻千代を佐藤春夫に譲るとして離婚、三人の連名で声明書を出して話題となった。次行の「探偵小説を書いていた人」は、大坪砂男。

分は小説家にならなければいけなかったんだ、と話されていました。
瀬戸内　いや、小説家にならなければいけなかったではなくて、もうなりたかったの、ほんとに。なれるかどうかはわからなかったけど。うちの母は防空壕で死んでいますけど、必ず私が小説家になると思って死んでるの。そう信じていた。父は全くなれないと思って、疑ったまま死にましたからかわいそうです。母はいまの私を見て、「ほらごらん」って思っていますよ。
平野　かなり昔から漠然と思い描いていた小説家になりたいという気持ちが、ご主人とともに北京から帰られて、四国に戻ったあたりで、もうどうにも抑えられなくなっていたということですね。
瀬戸内　あのね、お見合いのときに、アーサー・ウェイリーの『源氏物語』[*5]について質問されたのよ。それで私が「はい」なんて言って、試験みたいにちゃんと答えていたの。それくらい私は本を読んでいたのね。結婚してみたら、夫はなんと本を読まない人。だけど、お見合いのときはちょっと読んできていたのね。
『源氏物語』は女学校になった十三歳のときに読みましたから。与謝野晶子の『源氏』[*6]しかなかったので、最初にそれを読みました。それまでいろんなものを読んでいましたけど、古典なんて読まなかったの。でも、「ああ、『源氏物語』か」と思って読んだら面白くて。私が行っていた女学校では、本の貸し出しができないので図書館に行かなきゃだめなの。だから毎日居残りして、全部読んでしまったんです。それから、これはやっぱり古典は勉強しなきゃいけないと思って原文も読んだり、古典のクラスがあったのでそこに行ったりしました。

平野 『源氏物語』は当時読んではいけないとか、そういうことはなかったのですか。

瀬戸内 それはなかった。映画はいけないけど、本を読むのは何も言われない。

京都での出版社勤めの時代

平野 少し話を進めますと、その後、京都に行って、アリストテレスの本などを出している出版社（大翠書院）で働き始めて、それですぐ小説家になったのかと思いきや、そうでもなかったのですね。最初の『女子大生・曲愛玲』で新潮社同人雑誌賞を取ったのが一九五七年、三十五歳のときですから、十年ぐらいは京都で働いておられたのですね。

瀬戸内 京都にいたときに、『メルキュール』という同人雑誌の仲間に入れてもらって、

＊5 アーサー・ウェイリーの『源氏物語』 イギリスの東洋学者アーサー・ウェイリー（一八八九－一九六六年）が英訳したThe Tale of Genji（『源氏物語』）。一九二一－三三年に出版。

＊6 与謝野晶子の『源氏』 与謝野晶子（一八七八－一九四二年）による『源氏物語』の現代語訳。一九三八－三九年に刊行。

男ばっかりで女は私一人だったかな。それでもう、そこで馬鹿にされて、「下手くそだ」って。野間宏なんかに夢中の人たちだったの。ほんとうにだめなのかなあと思っていました。でもその人たち、誰も一人もものになってない。だから、やっぱり私は小説家っていうのは才能だと思います。あなただってそうでしょ。才能があって、まあ、いくらか努力はあるけど、あと運ね。だから何か、そういうものがないとだめです。

平野　これは意外なんですけど、最初は少女小説の雑誌に寄稿したりされていたんですね。これはまたどういうことだったのでしょうか。最初からいわゆる純文学の作品を書かなかったというのは。

瀬戸内　それは大翠書院という出版社で働いているときに、隣の席に宝塚（宝塚音楽舞踊学校）を辞めた人がいて、中島光子[*7]というのですけど、少女小説とか若い人の読む詩なんか書いて、けっこうそれが雑誌に載っているんですよ。その人が隣に座っていて、林芙美子に手紙を出して、返事なんかもらっているんです。「はあー」と思って。同い年なの、ほとんど。それで、「へえー、宝塚でもこんな偉い人がいる」と。私もできるんじゃないかなあと思って、「少女小説ってどんなの？」と見せてもらったの。「ああ、こんなの書けるよ」と思ってちょっと送ったの。そしたら全部採用になったんですよ。そのときにペンネームも三島由紀夫に付けてもらった。

平野　瀬戸内さんは、三島由紀夫にファンレターを書いていたのですね？

瀬戸内　そう、ファンレター出してたの。そしたら、三島由紀夫から、「ファンレターには返事を出さない主義だけど、あなたの手紙はほんとに面白いから思わず返事を書きました」って来たの。それからちょいちょい往復していたんです。それで小説を書くようになったら、「あなた、手紙はあんなに面白いのに、小説がどうしてあんなに下手なんだ」って言われた。

平野　では、三島由紀夫が戦後デビューして、『仮面の告白』（一九四九年）とかをぱっと書き始めたときにもう、すぐ読み始めたんですか。

瀬戸内　そうそう、すぐですね。本屋に行ったら、三島由紀夫の本があって、珍しいなって読んだらとてもいい。暇だったからファンレター出した。

平野　京都時代には、戦後の新しい小説などもかなり読んでいたのですね。

瀬戸内　だって出版社にいるだけだからね、呑気だった。

『花芯』への酷評

平野　最初に賞を受賞した『女子大生・曲愛玲』という小説ですけど、これはレズビアン

＊7　**中島光子**　新章文子のこと。本名が中島光子。一九二二 - 二〇一五年。小説家。小説に『危険な関係』など。

とか、レズビアニズムとか、その他、当時としてはタブー視されていたような性が一つ大きなテーマにもなっていますけど。

瀬戸内　北京にいたときに、夫のお友だちで師範大学の教授をされていた女性がいたんです。その人の書いたエッセイが女性雑誌に出ているのを、私は以前に読んでいて、自分が中国で働いていることや、北京はいいところで、女も外へ出て行くべきだっていうことを書いてたの。とてもいい文章だったから、頭に残っていたんです。そしたら、その人が夫の友達だった。それで家に遊びに来たから、私もすぐ好きになって、向こうも好きになってくれて。

彼女は江戸っ子でしたけど、文学少女で、それで田村俊子[*8]のことを私に話してくれた。「この部屋に田村俊子が遊びに来たことがあるのよ」なんて。この部屋というのは、私たちが新婚で住んでいた北京の部屋のことね。そんなこと言ってくれて、私はどきどきしていたんです。

それで、その後、小説を書くようになったときに、非常に皆から誤解されて、いろいろいじめられたんです。どうしてかわからない。それで、この誤解っていうのはどういうことだろうと考えているうちに、「あ、あの人ちょっと書いてみよう」と思って、それで『田村俊子』を書いたんですよね。

平野　その前に、瀬戸内さんが苛められるきっかけになった、『花芯』という小説がありますけど。

瀬戸内　『花芯』は今度、映画になるの。

平野　これも実はモデルになるような人がいたんだけれども、瀬戸内さん自身のことのように勘違いされたと以前仰っていましたね。

瀬戸内　私は、全く私小説家になどなりたくなかったんです。あなたのような小説家になりたかった。でも頭悪いから、なれなかった（笑）。だから、もともと私小説なんて屁とも思ってなかったんです。それで、私の女性のお友達に、『花芯』の園子のような人がいたんです。それを膨らませて書いたの。

　そしたら、皆が私のことを書いたと思って、「この作家は自分のものがいい」って自慢しているとか、もうくだらないことばっかり言うの。「マスターベーションしながら書い

＊8　**田村俊子**　一八八四年‐四五年。小説家。小説に『木乃伊の口紅』、『炮烙の刑』など。

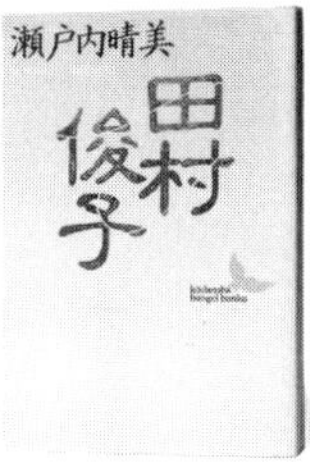

『田村俊子』（文藝春秋新社、一九六一年／講談社文芸文庫、九三年）

『花芯』（三笠書房、一九五八年／講談社文庫、二〇〇五年）

てる」とか、もうひどいのよ。私も頭にきたもんだから、そんなこと言う批評家は「インポテンツで、女房は不感症だろう」って書いた。そしたら余計怒って、それまで悪口を言わなかった人まで一緒になって言い出した。それでもう文壇を干されたんです。それから五年間、どこも書かせてくれなかった。

平野　『花芯』をいま読み返しますと、処女を失うことをもう屁とも思ってないような主人公で、男性たちとも奔放な関係を持って、その見返りにお金をもらったりもするし、あるいは知り合いが来て子どもをあやしているときに、子どもにキスしている姿に何となく淫蕩《いんとう》なものを見てしまったりとか、あるいは夫をどうしても愛せないとか、世間の常識的な女性観、あるいは男性が求めている女性観にどうしても収まりきれない女性というのを非常に生々しく書いていて、いま読むとはっとさせられるシーンがたくさんあります。そういう意味で、世の男性が自分たちの思い描く女性像と、あまりにもかけ離れていて感情的になったんだろうなっていうのは想像がつきます。

　この『花芯』は、最後の文章がすごく印象的で、僕も何か頭にこびりついて離れないんですけど。『花芯』の最後は、こんな文章です。「こんな私にも、人しれぬ怕れがたったひとつのこっている。私が死んで焼かれたあと、白いかぼそい骨のかげに、私の子宮だけが、ぶすぶすと悪臭を放ち、焼けのこるのではあるまいか」。

瀬戸内　それ書いたとき、「やったー」と思いましたよ。

平野　あ、思いましたか。やはり僕もこの文章はちょっと忘れられなくて。それがあまり印象的だったから、瀬戸内さんは「子宮作家」ってその後に言われることになったのかもしれない。

瀬戸内　そもそも、「花芯」という言葉が中国語で子宮のことなんですよ。私はそれを知っていたから『花芯』と題に付けたわけで、何が悪いって感じだったの。「子宮」という言葉がいくつあるとか、そういうふうなことを言われたんです。

硯を洗って出直す？

平野　何か自分が果たさなきゃいけない役割とか、社会から期待されている常識のなかで、自分でもどうしてもコントロールできないものに突き動かされていく女性の姿を非常に鮮やかに描かれていて、これが瀬戸内文学の一つの、その後もずっと続いていくテーマになるのかなと思います。

いま、言われたように酷評を受けて、「誤解というのは一体何なのか」ってことにこだわって、『田村俊子』という作品を書かれて、その後に『夏の終り』を書かれているんですね。

瀬戸内　そうです。『田村俊子』は、連載の第一回からもう「瀬戸内晴美が硯を洗って出直した」と評が出たんで、「私は硯は一度も汚したことなどありません」ってまた書いたの。

妻子ある不遇な作家との八年に及ぶ愛の生活に疲れ果て、年下の男との激しい愛欲にも満たされぬ女、知子……彼女は泥沼のような生活にあえぎ、女の業に苦悩しながら、一途に独自の愛を生きてゆく。新鮮な感覚と大胆な手法を駆使した、女流文学賞受賞作の「夏の終り」をはじめとする「あふれるもの」「みれん」「花冷え」「雉子」の連作五篇を収録。著者の原点となった私小説集である。（本書紹介より）

『夏の終り』
（新潮社、一九六三年／新潮文庫、六六年）

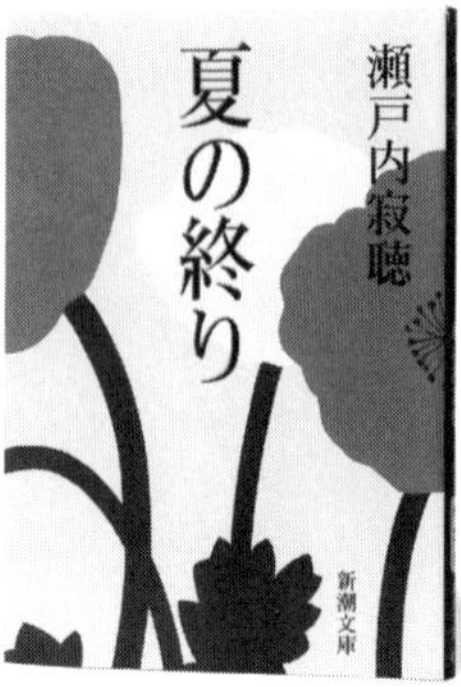

批評されたら黙っているのがいいの。すぐ私は怒るんですよね。いまはもうわかったから黙っている。

平野　それで、『田村俊子』は評判になって賞も取りましたけれども、そのときにもう一回、小説家としてやっていけるという手応えみたいなものを感じられたんでしょうか。

瀬戸内　その『田村俊子』では、私が「硯を洗った」と皆が誤解して、ずいぶん褒めてくれたんです。だから、やっぱりこれはものにしなきゃいけないなと思って、もちろん一生懸命に書きました。そしたら、とても幸運な小説ね。賞をくれるって、「田村俊子賞」。でもそうは言ったって、そのときにできた賞で、その最初だからもらって当たり前ですよね。でもまあ、ちょっとね。

平野　やはり嬉しかったんですね。

瀬戸内　嬉しかった、嬉しかった。

『夏の終り』――一対一ではない恋愛関係

平野　その後の一九六三年、四十一歳のときにいよいよ『夏の終り』という代表作を書かれます。

瀬戸内　遅いですね、ほんとに遅いですね。あなたは二十代でしょう？　私、四十代で二十年も遅いのね（笑）。

平野　ちょうどいまの僕ぐらいです。いま、僕は四十歳だから。

瀬戸内　そう、そう。

平野　この小説もやはり私小説ではないのですが、実体験がかなり反映されている部分もあるのではないかというふうに読めます。最初の小説『花芯』で、あたかも自分自身のことを書いているかのようにとられ、批判され、誤解されながら、『夏の終り』でもあえて読者が「これはひょっとすると作者自身のことなんじゃないか」と思うような描き方を、あらためてされたことには何か意図があったのでしょうか。

瀬戸内　その『花芯』ね、皆が悪口を言ったけど、そのなかで室生犀星と吉行淳之介と円地文子の三人が褒めてくれたの。「皆は何か言っているけどそんなの気にしないで、これはいい小説だ」と言ってくれたんです。私は、この三人が褒めてくれたならもういいと思ったの。やっぱり、全く褒められなければもうだめだけど、そんな人もいたの。だから書けたんだと思います。

平野　『夏の終り』では、知子という主人公がいて、慎吾と涼太という二人の男性が出てきて、その三角関係を中心に話が進んでいくわけですが、この作品を書こうと思った動機は、瀬戸内さんご自身、ちょうどこの時期に、やはりこれは小説に書かなきゃいけないというような思いがあったのですか。

瀬戸内　そうそう、『田村俊子』は評判がよかったでしょ。それで新潮の編集長が私に目を付けて、「『週刊新潮』に書け」と言ったんです。それからですね、私が作家というふうになれたのは。『夏の終り』を読んで、それで書けると思ったの。

平野　この『夏の終り』の三角関係は、慎吾という寡黙な、少しニヒルな雰囲気の売れない作家だけれども、ある意味、人生にこう何て言うんですかね……。

瀬戸内　でも、前衛作家としてはね、ちょっと認められていたのね。

平野　はい、そんな慎吾と、もう一人、涼太という登場人物がいて、その間で主人公の知子は揺れ動くんですが、一人の女性が二人の男性を好きになってしまって、男性の方も奥さんとの関係はまだ維持したままでという、恋愛が一対一ではない関係を描いていますね。これは、後の『美は乱調にあり』や『源氏物語』にも通じるテーマです。

瀬戸内　そんなの当たり前でしょ（笑）。だって、あなたはどうか知らないけど、結婚したその人だけを好きで終わるとか、終わらなきゃいけないっていうのは、いままでは道徳でした。でも、そんなのないよ、そんなの。

平野　瀬戸内さんは、結婚されたときはまだ大学生だし、「セックスはなし」と宣言されるぐらいだったのに、どこで〝革命〟が訪れたんですか？（笑）。中国に行ってからですか。

瀬戸内　別れた亭主は、私を小説家だけじゃなく政治家にしたかったの、しまいには。それで政治家と仲良くなって、その人の「選挙を手伝え」って言ってきたんですよ。私は、政治家なんて夢にもそんなこと思っていなかったけれど。

それを聞いて、彼の教え子たちで五、六人、しょっちゅう家に遊びに来ていた学生さんたちがいたんですが、「先生、それはひどい」と言って怒ったの。なぜ選挙を手伝わなきゃいけないかって。奥さんがかわいそうだって。それで、彼らも手伝ってくれることになったの。それで皆で、紅露みつ[*9]という女性政治家の応援に行ったんです。

選挙って、そのとき応援に行ってわかったけど嫌い。あなたは、やりなさんなよ、選挙の手伝いなんてね。何か異常に興奮するのよ。その人をそれほど一所懸命に応援している

*9　**紅露みつ**　一八九三－一九八〇年。政治家。四六年、初の総選挙で衆院議員に当選。四七－六八年に参院議員として活動。

つもりじゃないんだけど、選挙カーに乗って「お願いします」なんて大きな声で言っているると、その自分の声に興奮するの。それは異常な状態です。そんな異常な雰囲気のなかで、主人の教え子の若い学生とそんなことになったんです。

平野　なるほど。

瀬戸内　だけど、まだ古くさいからセックスなんかしてなかったの。それで主人が東京から帰って来たとき、言わなくていいのに、「その人を好きになりました」なんて言ったんですよ。世の中はそんなこと言ったら、もうできていると思うわね。でもほんとうに何もしてないんですよ。キスもしてないんです。それでそんな馬鹿なこと言ったの。根が純情なんじゃない、誰も信じないけれど（笑）。きっと亭主だけは信じていたと思うの、そんなことしてないってこと。でも、怒るときはもう、みっともないってことになるじゃないですか。

平野　この小説では主人公の知子が、慎吾が奥さんの気配を感じさせない限りは、事実としては結婚していることを知っていても案外平気でいられるんだけれども、最後の方でだんだん関係がややこしくなって、いよいよ家に乗り込んで、やはりその生活の実態を見たときに、すごくショックを受ける場面があります。一人が何人かと付き合っていても、相手の方が具体的に見えなければ大丈夫なんですかね。それが伝わってくると急に嫌になってくる。

瀬戸内　どういうのかしらね、あれは。なんであんなに続いたんですかねえ。私はやっぱり彼が作家として、前衛作家として、自分にない才能を持っているところに憧れていたんです。だからあなたみたいな、自分には到底できないことをしている人をいいなあと思うの。前衛小説なんて私にはとても書けないけど、この人はこの日本で、お金にもならない前衛小説を書いて、ある程度認められているのよ。全然認められてなかったら違ったと思うけれど。それで、これは偉いんじゃないかなと思ったのね。

平野　この小説は慎吾の奥さんの描かれ方も、一般の不倫小説とは違っていて、嫉妬に燃え狂って瀬戸内さんに、あ、瀬戸内さんじゃない（笑）、この知子という主人公に攻撃的になるわけでもなく。

瀬戸内　立派な方。

愛そのものへ

平野　前の『花芯』では、自分のなかでどうしようもないものが性欲ということで捉えられていましたが、『夏の終り』ではもう一段それが深まって、愛そのものという形に変っています。つまり、人間がある果たすべき役割、社会的な役割みたいなところに収まりきれないものが、性欲以上の愛自体の問題として捉え直されていて、しかも『花芯』という作品では風変わりな人をモデルにしているのが、今度は作者が自分自身の問題として捉え直して描いていると受け取りました。

そのなかですごく印象的なのが、連作のなかの「雉子《きぎす》」という作品で、ここだけは主人公の名前が変えられていて、設定もちょっと変えて、子どものことにかなり焦点を当てて書かれています。瀬戸内さんご自身の体験としても語られていたその作品だけは、作者のなかの心理的に複雑なものがもう一段深く出ているような感想を抱きました。

子どもに会いに行ったら、「お母さんはもう死にました」と言われたというようなことも、小説のなかに織り込まれていますね。やはりこの『夏の終り』を書くときに、子どもについての作品は何か書かなければいけないというようなことだったのでしょうか。

瀬戸内　そう。私はいま九十三歳ですよね。もう間もなく死ぬと思うけど、自分のこれまでの生涯は、いろんなつまらない、馬鹿なことをしたけど、自分で選んでしたことはすべて、後悔はしてないのね。だからまあ、私としてはいい生涯だったと思うんですよ。ただ一つ、やっぱり子どもを捨てたってことは、これは許されないわね。自分に対してもそれは許せない。だから、そのことはまだちゃんと書いてないんですね。「書いてくれるな」って言うから。

平野　娘さんが、そう仰るのですね。

瀬戸内　うん。だけど、それだけね、後悔は。いろいろ身の上相談を聞いていると、男ができて出て行きたいなんていう人がいっぱいいます。同じようなの。それで「子どもさんはどうするの？」と言ったら、それで悩んでいるって。そういうときは、「子どもは連れて行かないと絶対あとで後悔するよ」と言うんですけどね。

でも、いまの若い人たちはもう、そういうときは必ず子どもを連れて出ていますね。うちに十人くらい女の人が集まったので、「離婚した人？」と聞いたら、全員手を挙げるの。なかに、両手を挙げる人もいて、二度という意味（笑）。それで「子どもは？」と言ったら、「全部連れてますよ」と言うの。それを聞いて、時代が変わったなと思った。私は子どもを連れていたらやっていけなかった、食べられなかった。だから最後に置いてきましたけどね。やっぱり連れて出るべきだった。

「あふれるもの」——批評家の反応

平野　せっかくなので自作を朗読していただけないかと思うのですが、『夏の終り』のなかで、瀬戸内さんご自身がここぞというところをお願いします。

瀬戸内　そう言われて、どこがいいかと思っていろいろ悩んだんです。

平野　瀬戸内さんはメディアにもたくさん出ていますけど、自作を朗読されているシーンを、僕も長いお付き合いですけど拝見したことがなかったんで。

瀬戸内　いや、下手くそ、もう徳島弁ですからね。この『夏の終り』の最初に、「あふれるもの」というのがあります。これは直木賞候補になったの、くれなかったけどね。このなかの初めの部分、書いたときに私はそんなこと思わなかったけれど、批評家たちがびっくりするほど褒めてくれたんです。

平野　はい、お願いします。

洗面道具をかかえたまま、通りの途中ですばやくあたりを見廻《みまわ》すと、知子《ともこ》は行きつけの銭湯とは反対の方向の小路《こうじ》へ、いきなり走りこんだ。

住宅の建てこんだせまい道には、表通りよりも濃い闇《やみ》がよどんでいた。たちまち知子の姿をつつみこんでくる。一気に闇の中を小一町も駆けぬけて、ようやく息を入れた。

ビニールの風呂敷《ふろしき》でつつんだ洗面器の中には、はじめからタオルで小道具をくるみこんでいて、こんな走り方の時にも、不用意な音をたてないように気が配ってあった。こういう行動をとりはじめてから知子の覚えた小細工だった。

知子ははじめの頃《ころ》、走る度に洗面器の中で躍りあがり、ぶっつかり合う、石鹸箱《せっけんばこ》やクリームの瓶《びん》の音に怯《おび》えたり苛《いら》だったりした。湯上りタオルの入れ方ひとつで、その音が難なく防げるのを発見した時、ほっとした想《おも》いよりもはるかに激しい惨《みじ》めさに打ちのめされた瞬間を、知子は今でも忘れてはいない。

知子の下宿に内風呂がないという唯一《ゆいいつ》の不満が、今ごろ、こんなところで役立つようになろうとは、知子自身も考えてもみなかったことであった。

慎吾《しんご》の目をかすめ、銭湯へ行くふりをして、涼太《りょうた》を訪ねるという大胆な熱情的な行動をじぶんに強《し》いるものの正体を、知子がみきわめているわけでもなかった。

ある日突然、銭湯へ行く途上で、この道を反対にとり、邸町《やしきまち》の細い路地を迷路のように走り抜けていけば、意外に速く、一駅離れた涼太の部屋へたどりつくのではないかと思った瞬間、もう知子の足は止《や》み難《がた》い衝動につき動かされ、いきなり横町へ走りこんでしまった。

その路《みち》は、頭で描いたよりもはるかに遠い感じで、行けども行けども涼太の部屋に近づかなかった。それでいて、実際にかかった時間は、知子が目算したよりもはるかに短かった。

凉太の下宿が行手に見え、凉太の部屋に灯《ひ》がついているのを見た瞬間、知子はかえって狼狽《ろうばい》した。こういう訪ね方が凉太にどんな衝撃と感動を与えるか、想像しないでもわかっていた。引きかえすなら今だと、知子ははっきり考えた。そのくせ脚は、そこからいっそう速度を増し、一気に凉太の部屋の灯にたぐりよせられていった。

案の定、凉太はふいにドアの中にすべりこんで来た知子を見て、幽霊を見るような目つきをした。次の瞬間、事態をのみこむと口も利《き》かず、震えながら、いきなり知子の肩をわし掴《づか》みにした。

「こんなことして……こんな……」

顔を離すと、うわごとのようにつぶやき、なおいっそう激しく唇《くちびる》をふさぎにきた。たいそう長い時間そこにそうしていたように思ったけれど、実際には五分とたっていなかった。

知子はろくに口もきかず、あわただしく入口のガス台で湯をわかすと、流し兼用の洗面台で、じゃぶじゃぶ顔を洗った。タオルをしぼり、凉太に背をむけて着物の裾《すそ》をひろげ、手早く脚をふきあげた。ためらいのない、きびきびした動作だった。ふと、凉太の目に、馴《な》れているようにさえ見えるほど手ぎわがよかった。

「さあ、帰らなきゃあ」

知子は今は時間だけを気にしている真剣な顔つきになり、洗面道具をかかえこんだ。本当に一風呂浴びたような、上気した清潔な顔をしていた。目が強く輝いていた。

　涼太が立ちかかると、

「いいの、いいのよ。走ってくんだから」

と激しくおしとどめた。この上、家の近くまで、涼太に送らせる不貞さが、慎吾に対してあんまりだという矛盾した考えに、知子が今、とりつかれているのが、涼太にもわかった。

人より短い知子の風呂の時間が、人並になった程度のことで、そんな知子の危険な行動は、慎吾に気づかれているふうもなかった。

　ここのところを、批評家たちが、とても褒めてくれたんです。非常にけしからんことだけども、何かとても純情だって。

平野　やあ、何か必死になって走って行っている姿と、ぱっとキスだけしてさっと帰って行くその臨場感が、すごいですね。

瀬戸内　それにあなたいま、よく言ってくださったわね。さっと行って、キスだけですっと帰った。皆はそこでセックスしたと思ってるの。そんな暇ないんですよね。批評が全部そうなんです。セックスしに行ったというのは、違うの。これはただ気になって、ただ顔を見に行っただけなの。そこをわかってくれた、やっぱり平野さん、小説家だ、うん（笑）。

平野　皆、風呂に入ったふりをするために体を拭いているところを見て、それは「終わったから体を拭いている」っていうふうに思ったんじゃないですか。

瀬戸内　それは、走ってきたから脚も汚れていますよね、だから拭いたんです。涼太にもそんなところを見せたくないじゃない。それをもう皆、ほんとうにセックスしたと思う。そんな時間ないのよ。でもね、ここのところを「けしからんけれども何か非常に清らかだ」って言ってくれた。

平野　実際、この『夏の終り』は刊行した後の評判もすごくよくて、本もたいへんよく売れて、ここからまた瀬戸内さんが人気作家になっていく一つのきっかけになった作品でしたね。

瀬戸内　私は四百冊ぐらい本を書きましたけど、『夏の終り』がやっぱりよく売れてる。でも、それよりも『源氏物語』が売れているかな。

『美は乱調にあり』『諧調は偽りなり』——評伝を書くということ

平野　それでは、あとの二つの作品に移っていきたいと思います。この後、瀬戸内さんはどんどん小説を書き始めまして、『女徳』や『かの子撩乱』といった代表作を書かれていきます。そうして『夏の終り』からわずか三年で、『美は乱調にあり』を刊行されていて、これは驚くべきことだと思うんです。

というのは、『美は乱調にあり』も『諧調は偽りなり』も、非常に綿密に資料を読まれて、また、まだ生き残っておられる方にも取材されているのですが、たった三年間でよくこれ

『女徳』（新潮社、一九六三年／新潮文庫、六八年）

『かの子撩乱』（講談社、一九六五年／講談社文庫、七一年）

「美はただ乱調にある。諧調は偽りである。」（大杉栄）瀬戸内寂聴の代表作にして、伊藤野枝を世に知らしめた伝記小説の傑作。婚家を出奔しての師・辻潤との生活、『青鞜』の挑戦、大杉栄との出会い、そして日蔭茶屋事件——。野枝、平塚らいてう、神近市子。恋に燃え、闘った、新しい女たちの人生。（本書紹介より）

『美は乱調にあり——伊藤野枝と大杉栄』（文藝春秋、一九六六年／岩波現代文庫、二〇一七年）

だけの準備をされたと思うんですが。

瀬戸内　私はほら、昔から優等生でしょ（笑）。だから勉強好きなのね。だから調べることは、ちっとも嫌じゃないの。それと、これはこれからお書きになる人に言いたいんだけれど、何か誰かのことを書こうと決めるでしょ。そうすると、その人が、もう死んでいる人ならその人の魂が、必ずここで会うべき人、ここで読むべき本、それを持って来てくれる。これは私だけではないのよ。そういうものを書いている他の人も言っています。ほんとうに不思議に、とんでもないところでぱっとその資料が来たり、人物がいたりするの。

平野　瀬戸内さんは『青鞜』[*10]という雑誌の周辺にいる女性作家たちの評伝を、かなりしっかりと何作も費やして書かれていますけど、『青鞜』の周辺の女流作家たちには、昔から関心を持っていたんですか。それとも『田村俊子』以降に、『青鞜』周辺の平塚らいてう[*11]

「美はただ乱調にある、諧調は偽りである。」（大杉栄）四角関係を超えて深く結びついたアナーキスト大杉栄と伊藤野枝。大杉の幼少期から関東大震災直後の甘粕正彦らによる虐殺まで、二人の生と闘いの軌跡を、彼らをめぐる人々のその後とともに描く、大型評伝小説。名著『美は乱調にあり』から十六年の時を経て成就した、注目の完結編。（本書紹介より）

『諧調は偽りなり――伊藤野枝と大杉栄』
（文藝春秋、一九八四年／上・下、岩波現代文庫、二〇一七年）

とか伊藤野枝[*12]とかにも関心を持ち始めたのか。いつ頃から興味を持っていたんでしょうか。

瀬戸内　結局、自分が誤解されたでしょ。それで『田村俊子』を書いたでしょ。ちょうどあの頃だったんです。俊子はもう偉くなっちゃったから、すでに『青鞜』との関わり方も客員みたいでしたけど。それでも『青鞜』がちょっと気になって読み始めたら、ほんとに面白いんです。書いていることは下手くそだけど、彼女たちの精神がとてもよかったの。

でも、平塚らいてうは、私、会ってないんですよ。それは、「この人、会ったら書けない」と思ったの。だから強いて会わなかったんですよね。向こうは、「なんで瀬戸内さんは来ないんだろう」って言っていたらしい。でも、あそこに出ている人たちは皆、素晴らしい人なんですね。幼いけれども、志がとても高いの。それで彼女たちのことを書いているうちに、そのなかにいた岡本かの子[*13]がやっぱり面白いから、かの子を書いた。そういうふう

---

*10　**『青鞜』**　一九一一-一六年に発行された文芸誌。平塚らいてうが首唱し、五人の女性を発起人とした青鞜社の機関誌。岡本かの子らも参加した。平塚の宣言「元始、女性は太陽であった」を創刊の辞に掲げた。一五年頃から伊藤野枝が中心となった。

*11　**平塚らいてう**　一八八六-一九七一年。評論家、女性解放運動家。一九二〇年には、女性の政治的自由を要求する団体、新婦人協会を発足させた。

*12　**伊藤野枝**　一八九五-一九二三年。女性解放運動家。『青鞜』の編集に参加し、評論や翻訳を発表。夫である辻潤を捨てて大杉栄の妻、愛人と四角関係を演じた。以後、大杉と無政府主義活動を続けたが、甘粕事件で殺害された。

に自分が書いたものに導かれて、ずっと書いていったんですよね。

平野　瀬戸内さんの評伝の発展の仕方は、森鷗外の史伝とかにも少し似ているなと思うんです。鷗外も澁江抽斎[*14]を書いたら伊沢蘭軒[*15]が出てきて、伊沢蘭軒について書くと今度は北条霞亭[*16]が出てきて、北条霞亭についても書く。それから細木香以[*17]とかいろいろな人たちが出てきて、鷗外の時代はまだ生き残っていた親戚がいたから、細木香以について書いたら、芥川龍之介が実は親戚でしたというように、こう、いろいろなことを教えてくれたというんですね。

瀬戸内　平野さんは、私と三島由紀夫もそうだけど、漱石より鷗外が好きなのよね。

平野　そうです。だから、瀬戸内さんの評伝作を読んでいたときに、鷗外の史伝を思い出したんです。特に史伝を意識したというわけではなかったんですか。

瀬戸内　いや、鷗外の小説、とても面白いけど、史伝は何か難しいよね。終わりになるほど難しい。

平野　はい。では直接影響を受けたというわけではなかったんですね。

瀬戸内　その影響は受けてない。

平野　では、評伝を書く上でモデルにした作品とか、文体のイメージといったものはあったのですか。

瀬戸内　文体のイメージもなければ、こういうものを書こうというのもないんだけど、本当におかしな言い方だけど、私が書こうと思った人の魂がいろいろ連れて行ってくれるんです、資料を持って来てくれたり。それは不思議。それでだんだんわかっていくの。だから面白かったですよ。

恋と革命

平野 甘粕事件[*18]自体については、関心を早くから持たれていたんですか。

瀬戸内 甘粕正彦[*19]って、ひどくハンサムだったけど。私、ハンサム好きだからね（笑）。「あ

＊13 **岡本かの子** 一八八九‐一九三九年。小説家、歌人。小説に『母子叙情』、『老妓抄』など。瀬戸内寂聴は『かの子撩乱』（一九六五年）を刊行している。

＊14 **澁江抽齋** 一八〇五‐五八年。江戸時代末期の医師、考証家、書誌学者。

＊15 **伊沢蘭軒** 一七七七‐一八二九年。江戸時代末期の医師、儒者。

＊16 **北条霞亭** 一七八〇‐一八二三年。江戸時代の漢学者。

＊17 **細木香以** 一八二二‐七〇年。幕末の俳人。

＊18 **甘粕事件** 一九二三年、関東大震災の直後、憲兵大尉の甘粕正彦らが、無政府主義者の大杉栄・伊藤野枝夫妻と甥の橘宗一を連行して殺した事件。

＊19 **甘粕正彦** 一八九一‐一九四五年。陸軍軍人。憲兵大尉時代に甘粕事件を起こした。懲役十年の判決を受けたが、二六年に仮出所。三一年の満州事変以後、軍の工作活動に携わり、満州国建設に関与した。満州映画協会理事長などを歴任。四五年、大戦終結と同時に満州でピストル自殺した。

あ、どんな人だろうな」と思ってた。でも、ずっと書いていってわかった、やっぱり利用されたの、甘粕はかわいそうですよね。軍に「そうしろ」と言われてして、結局、軍は体裁が悪いから、甘粕を一応は牢に入れるでしょ。だけど、軍としてはそれはひどいから、奥さんをもらわせてパリへやるんですね。で、パリでちっとも困らない生活をして、そこから満州に行くんです。それであの人の道が開けるの。誰かが最近、甘粕の親類だって言った人がいた。何かいっぱいいるんですよ。

平野　高橋源一郎さんですね。

瀬戸内　あ、そう。高橋さんがこの間来て、親類だって言ってた。

平野　この『美は乱調にあり』のなかにも、平塚らいてうのことは随分と書かれていますけど、基本的には辻潤[*20]という作家と大杉栄[*21]がいて、その間で伊藤野枝の心が揺れて、最終的には大杉栄の方に行くんですけど、その後の、だいぶ時間がたってから書かれた『諧調は偽りなり』のなかでは、大杉と辻をもっとはっきりと対象的に並べて、陰の辻潤と陽の大杉栄で、どちらにも違った魅力があるということを書かれています。

僕が興味あったのは、『青鞜』でもほんとうに文学者としての活動をしていこうという人たちと、『青鞜』だけではなくて、あの時代の活動家として政治活動の方に熱心になっていく人たちがいるということでしたが、瀬戸内さんご自身はどうですか。いまでも政治的な発言も随分とされて、デモに参加されたりもしていますけど、作品を書かれていて、やはり自分は文学者なんだなというふうにお感じになるんですか。

瀬戸内　思いましたね。私は文学者ですよ。いまだってお坊さんになっていますけど。それにお坊さんとしては肉を食べたり、酒を飲んだり、落第坊主かもしれないけれど、最澄の思想を私はちゃんと持っています。だから、忘己利他《もうこりた》[*22]を私は実現していますよ。だから今度のこの事件[*23]だって、お坊さんがやっと立ち上がって、いま頃、「皆さん抗議に集まりましょう」と言っても遅すぎるよと。そう思いますね。

平野　この時期の、特に『美は乱調にあり』、『諧調は偽りなり』は、瀬戸内さんの現在の政治参加の根本にある思想を理解する上でも非常に重要で、『花芯』で一人の風変わりな人物の性の問題を描いた後、一個人の問題として『夏の終り』で愛の問題を引き受けた後に、今度はそれを社会的な問題として、あるいは思想的な問題としてもう一段広げて、あ

＊20　**辻潤**　一八八四 - 一九四四年。評論家。M・シュティルナーらの著書を翻訳しながら放浪生活を送る。評論集に『浮浪漫語』、『ですぺら』など。

＊21　**大杉栄**　一八八五 - 一九二三年。社会運動家。東京外国語学校在学中に平民社に参加し、幸徳秋水らの影響を受ける。一九一二年荒畑寒村と『近代思想』を発刊、以後、無政府主義を論じた。甘粕事件で殺害される。

＊22　**忘己利他**　「己を忘れて他を利するは慈悲の極みなり」という意味。最澄の『山家学生式』に述べられている。

＊23　**今度のこの事件**　集団的自衛権を行使できるようにする安全保障関連法案に関する一連の審議を指す。この収録（二〇一五年八月二九日）の時期には、全国各地で大規模な抗議集会が開かれていた。違憲の批判も収まらないなか、九月に法案は成立。

るいは深く掘り下げて描いたのが、この『美は乱調にあり』ではないかと。つまり、恋の問題と、「恋と革命」と瀬戸内さんよく言われますけど、「愛と政治」と言い替えてもいいものかもしれませんが、そのテーマがずっと発展してきていますね。その愛の部分で言うと、大杉栄がフリーラブということを言いましたね。

瀬戸内　うん。ぐちゃぐちゃね。

平野　たくさんの人と付き合ってもいいじゃないかと。それを実際にやろうとして、結局は上手くいかず、彼は神近市子[*24]に刺されてしまうんですけど。これを書かれたとき、瀬戸内さんは共感するのか、やはりこれは少し観念的すぎて無理があるんじゃないかというふうに思われたのか。

瀬戸内　やっぱり、それは無理があると思います。大杉さんは死んでしまったので会えなかったですけれど、大杉さんが亡くなるまで付き合っていた荒畑寒村[*25]先生から、いろいろなことを聞きました。「あの人、まじめな人だけど女好きで、死ぬまで女好きだったんです。そういうのを隠さない人でね」と。

「荒畑先生は、なぜ大杉とあんなに一緒に活動していたのに、離れて行ったんですか」と私は聞いたんです。そしたら、「大杉さんがとても好きだったけど、フリーラブの宣言をした後、いつもそれを言うので自分は嫌だったんです」と。あの人もまじめだから。「そんな女たちの誰一人も幸せにならないのに。大杉がそれを言ったから嫌で別れた」って言っていました。

平野　僕、読んでいてすごく不思議なんですけど、『青鞜』の人たちは、いろいろ色恋沙汰があると必ず書くじゃないですか。あれはどうしてなんですかね（笑）。

瀬戸内　変ね、あれはほんとに。すごい人生を書いていますよね。

平野　お互いに書き合うでしょう。あっちが書いたら、こっちも書いて。

瀬戸内　そう。それからラブレターを出すの。

平野　ああ、そうですね。

瀬戸内　いやあ、もう、あんなことよくするなと思って。

平野　だから『夏の終り』でも、相手に奥さんがいるとわかっていても、その人の気配を感じられなければまだ何か、その状態に耐えられますけど、大杉栄たちが実践していたフリーラブは、こんなことがあった、あんなことがあったと雑誌にいちいち書いて回ってい

＊24　**神近市子**　一八八八 - 一九八一。婦人運動家、政治家。一九一六年、愛人の大杉栄が、伊藤野枝とも愛人関係となったことから大杉を刺傷、殺人未遂で有罪となり二年間服役した。五三 - 六九年、社会党からの衆議院議員として活動。

＊25　**荒畑寒村**　一八八七 - 一九八一年。社会運動家、評論家。堺利彦や幸徳秋水の社会主義思想に共鳴。一二年に大杉栄と『近代思想』を創刊。社会主義同盟、共産党の創立に参画する。第二次世界大戦後、社会党から衆議院議員として活躍した。

るから、それはやはり、なかなか難しいんじゃないかなと思います。
瀬戸内　いまの私たちにとっては、全部を書いてくれて非常に都合がいいけどね。

小説と評伝

平野　あと伊藤野枝に対してはどうですか。共感はあったのでしょうか。
瀬戸内　伊藤野枝は書いていて面白かったですけど、私はあんまり好きじゃない。でも、非常に魅力のある人。でも勝手よね、私も勝手だけど。子どもを捨てて行っているでしょ。その子ども、やっぱり野枝のことをちっとも慕ってないですよね。はっきりと嫌がっています。
平野　それから伊藤野枝のやり方は、もちろん小説の主人公だから魅力的に書いてありますが、一方で客観性を持たせようとして、瀬戸内さんも野枝についてのいろいろな人の悪口なども上手に織り交ぜながら書かれていますね。
瀬戸内　もう悪口ばっかり。あのときは伊藤野枝の悪口を言ったら正しいという時代だったから。私、それは信じないのね。彼女はほんとに魅力のある人だけれども、「器量が悪い」っていうふうに神近市子さんなんか言っていますけど。
平野　よくそう書かれています。

瀬戸内　それは恋敵の立場で、やっぱりとても女としての魅力があったらしい。はっとする綺麗な写真も残っていますよ。

平野　洗練された都会人というよりも、野性的な女性というような描かれ方をされていて、大杉もすごく快男児として描かれていて。やはり読んでいると、なんでこんな人たちが、最後にはあんな形で殺されなければならなかったのかという理不尽さに、二作を通じてぐーっと作品が集中していきますね。

そこに最後に甘粕正彦という人が出てくるのですが、瀬戸内さんご自身が『諧調は偽りなり』の冒頭で、甘粕についての人物像がどうも上手くつかめなかったから、『美は乱調にあり』ではそこまで至らなかったと書かれていましたけど、先ほどの話のように、最終的にはやはり甘粕という人は軍部に利用されて、彼もかわいそうだったというような印象なのでしょうか。

瀬戸内　そうですね。満州でもすごかったらしいです。どこかに書いたと思うんですけど、木暮実千代[*26]が結婚して、満州にしばらくいて、ちょうど終戦のときも満州にいたのね。そして甘粕と皆で仲良くしていた。そしたらある日、甘粕が、「日本の奥さんたち、集まり

＊26　**木暮実千代**　一九一八 - 九〇年。女優。四四年、夫の仕事の関係で夫妻とも満州に渡った。四七年に女優業を再開。出演作に『青い山脈』（四九年）など。

なさい、今日はパーティーをしましょう」と言って、何かプレゼントがあるらしいという噂で、奥さんたちは喜んで行ったらしいの。あの人、宝石をいっぱい持っているから、戦局が悪くなって、それを奥さんたちにくれるんじゃないかって。木暮実千代もそう思ったと言うの。

それで行ったら、パーティーの後で女中さんに宝石箱を持ってこさしたの。いよいよ宝石をくれると思って、自分にはどれをくれるかしら、エメラルドかしらダイヤモンドかしらなんてどきどきしていた。そしたら、白い紙一つずつ包んで、「皆さん、手を出しなさい」と言って、掌の上にこう乗せてくれたんですって。「これはうちへ帰ってから開けてください」と。そしたら紙包みのなかは青酸カリだった。ソ連が来るから、これを飲んでくれという意味だったの。それで甘粕自身はもうその晩に死ぬの。そんな話を木暮実千代がしてくれましたよ。やっぱり彼は自分で死んだからいいんじゃない、殺されるよりね。

平野　いまの話は『諧調は偽りなり』の冒頭にも出ていますが、何か不気味なエピソードというんですか、瀬戸内さんもびくっとした、はっとするようなエピソードだったということを書かれています。

瀬戸内　それから、大杉は殺されたとき、どういう殺され方をしたかずっとわからなかったんです。あっと言う間に首を絞められたというふうに言われていますけど、あの人は柔道が強いし、そんなので死ぬ人じゃないんですよ。

そしたら戦後に随分たってから、そのとき死体を検査したお医者さんが調べたものが出てきたんです。その報告書のようなものはその奥さんに渡されていて、それをずっと持っていたの。もういいだろうというので、出したのね。それを見ると、ほんとにもう、ひどいことして殺されているの。だから時代が過ぎると、やっぱりどんなこともわかるんですよ。でも誰かがそれをずっと思ってあげないと、ほんとのことは出て来られない、そういうふうに思いました。

平野 なるほど。「恋と革命」という主題では、例えばフランスでは十九世紀のジョルジュ・サンド[*27]など、やはり社会主義活動をしながら恋愛も奔放で、という人がいます。瀬戸内さんは、日本のそういう女流文学の系譜をこの時期にかなりしっかりと書かれています。それでも、そこから政治活動の方に行くというふうには結局はならなかったということなんですね。

その後、例えば永田洋子[*28]や重信房子[*29]といった、もっと新しい時代の政治活動家の女性た

---

*27 **ジョルジュ・サンド** 一八〇四－七六年。フランスの女流小説家。作家ミュッセや作曲家ショパンとの恋愛は有名。社会主義運動、女性権利拡張運動に参加。小説に『アンディアナ』、『魔の沼』など。

*28 **永田洋子** 一九四五－二〇一一年。七一年に連合赤軍を結成。山岳アジトでの仲間十二人のリンチ殺人の首謀者として七二年に逮捕され、九三年に死刑が確定。脳腫瘍のため六十五歳で獄死した。

*29 **重信房子** 一九四五年－。六九年赤軍派中央委員。七四年のオランダのフランス大使館占拠事件（ハーグ事件）への関与で有罪となり、懲役二十年の判決を受けた（二〇〇六年）。現在、服役中。

ちとも、瀬戸内さんは個人的にお手紙のやり取りなどされていましたけど。

瀬戸内　いまでも。

平野　彼女たちをモデルに、また小説を書こうという気持ちは、あまりなかったんですか。

瀬戸内　うーん、向こうは書いてほしいらしいんですけどね。やっぱりあんな激しいこと、ほんとうは怖いのよね。だから書けないと思う。でも、いまでも付き合っていますけど。

永山則夫[*30]は、そこに連れていってくれる人がいて、裁判からずっと見ているんです。かっこいい男だったのね。ショーケン（萩原健一[*31]）が若かった頃のような、そんないい男でした。でも途中で、とにかく世話になった人の悪口を言うんです。井上光晴さんが主催する雑誌に掲載され、永山の本が出版された。そしたらその光晴さんの悪口を言う。よく言っても、私の悪口も言うし。それから、私なんか以上にずっと世話している人が何人もいたんです。なのに、その人たちの悪口を片っ端から言うの。それで私は嫌になったのね。もういくらなんでもと思って、行かなくなったの。

平野　瀬戸内さんのこの時期の作品は非常に重要だと思うんですけど、一方で瀬戸内さんご自身はエッセイか何かで、「評伝物は自分で自由に物語を膨らませたいと思っているときに、どうしても事実に拘束される窮屈さもある」というようなことを書かれていますね。そのフラストレーションみたいな感覚は、評伝を書かれるときにかなりあったんですか。

瀬戸内　あります。ある時期、評伝を書いたら褒められたんですよね。だからこうやったら褒められるなとわかった。けれども評伝を書いた後というのは、どう言ったらいいかな、あなたならわかってくれると思うんですけど、純文学の、下手でも純文学と思っている小説を書いた後の解放感と違うの。何かぎくしゃくしたものが残るんです。これは何だろうと思って、結局、私は「高尚な読み物」だと思ったの。よくできたものでも、評伝とは「高尚な読み物」。

私は「読み物」を書きたくて小説家になってないですから。「小説」を書きたいから。だからこんなの書いてもしょうがないんじゃないかなと、しばらく思ったことがある。それで書けなくなったこともありますよ。だけど、いまとなって振り返ってみたら、やっぱり評伝もいいものは文学ですね。

平野　ほんとうにこれは世界水準のお仕事というか、日本の女流文学の歴史を、例えば海外で研究する人は、瀬戸内さんのこの時期の作品を絶対に読むべきだと思う。非常に重みのある仕事だと思います。

＊30　**永山則夫**　一九四九 - 九七年。六八年から連続四件の射殺事件を起こし、翌年逮捕。獄中で創作活動を続け、手記『無知の涙』や小説『木橋』（新日本文学賞を受賞）などを発表。九七年に死刑執行。

＊31　**萩原健一**　一九五〇年 - 。俳優、歌手。「ショーケン」はニックネーム。

七十歳からの『源氏物語』

平野　いよいよ最後の『源氏物語』の現代語訳の話に移りたいと思うんですが、『諧調は偽りなり』を一九八四年に書かれて、その後もたくさんお仕事をされていて、九〇年代になって『源氏物語』に取り組まれています。

瀬戸内　七十歳から『源氏物語』。

平野　九二年ですかね、『源氏物語』に取り組まれますけれども、これはもともと、どういった事情で、「よし、これをこの先の仕事にしよう」と決められたんでしょう?

瀬戸内　それは自分は小説を書いてきて、振り返ってみたら、どうして千年前にあんな面白い小説が書けたか、もうすごいと思ったんです。日本はあまり誇るものがないけど、文学は世界に誇れると思ったの。難しいから本文がなかなか読み切れなかったけれども、やっぱり最高だと。古くないんですね。いま読んでも非常に新しい、書いていることがほんとうの文学は、時代がいくら進んでも新しいってことがわかったの。それで、『源氏物語』は日本の国民がもっと読むべきだと思ったから、誰でも読める、易しいものを書きたいと思った。

だってもう、文豪たちが書いているんです。与謝野晶子さん、谷崎潤一郎さん、円地文子さん。円地さんが『源氏』[*32]を書いていたときは、私がいたマンションに仕事場を持っていたんです。「先生、どうしてここへいらっしゃるの」って聞いたの。私は不便なの、円地さんに来られたら。男が通って来てたし（笑）。そしたら「あなたがいるからよ」と言うの。要するに、私にいろいろ手伝わせようと思ったのね。それで、円地さんはほんとに一所懸命書いている、もう目の前でそれを見ていましたから。これは円地さんが生きている間は、私は『源氏』を書けないなと思って。円地さんは、もうやきもち焼きだから大変なの。

それから、川端康成さんがほんとに書いていたんですよ。あるとき、私、京都のホテル

＊32 **円地さんが『源氏』** 円地文子（一九〇五 - 八六年）による『源氏物語』の現代語訳。全十巻、新潮社、一九七二 - 七三年。

誰もが憧れる源氏物語の世界を、気品あふれる現代語に訳した「瀬戸内源氏」。文学史に残る不朽の名訳で読む華麗なる王朝絵巻。（本書紹介より）

『源氏物語』全一〇巻
（現代語訳、講談社、一九九七 - 九八年／講談社文庫、二〇〇七年）

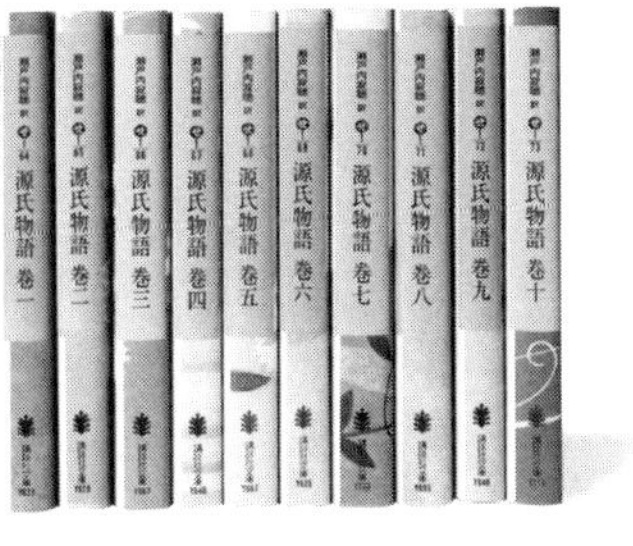

にいるとき呼ばれて、「部屋にいらっしゃい」と言うので。そんなことめったにないので、行きました。そしたら、ベッドの横に机があって、源氏物語古注が何冊か置いてあって、そこにもうすでに原稿用紙の三分の一ぐらい何か字が書いてあるんです。遠くから見ていたんだけど、私はもうすでに勉強していたので、その古注を全部買っていたんですよ。だから「あっ」と思って、「先生、『源氏』をなさるんですか」と思わず言ったら、「もう、どうしてもやってくれって出版社が言って、断りきれなくてね」と言ったの。

それで、「わあ、すごいな」と思った。ちょっと川端さんの『源氏』って読みたいじゃない。これは面白いなと思って東京へ帰ったら、円地さんに呼ばれて、「あなた、川端さんが『源氏』やってるって聞いた？」と言うから、「いや、知りません」と恐ろしいから言ったの。そしたら「あんなね、ノーベル賞もらってね、甘やかされている人が『源氏』ができますか！」って。自分は『源氏』をするのにもう死に物狂いですと、こんなになって怒ってるの。それで「もし川端さんの『源氏』ができたら、私は素っ裸になって逆立ちして銀座を歩いてやるから！」と、そう言ったのよ。そのくらいご自分の『源氏』に一所懸命だったの。でも、私はそのときすでに『源氏』の訳をやっていたんです。円地さんが見ないような雑誌に『女人源氏物語』を書いた。それでずっと勉強してたの。

平野　実は一九七三年に瀬戸内さんは出家されていますが、その後でやはり『源氏』の印象は変わったというようなことがあるんでしょうか。

瀬戸内　いやいや、それはない。出家した後、新潮社が「出家したことを書き下ろしで書け」と言って。私、書き下ろしは下手なんだ、あなたと違って。五年かかったんですよ、『比叡』というの書いたの。

　私はもう一所懸命に書いたんだけど、皆に全く無視された。出家するのは男と別れるためとか何とか、そんなの期待していたんじゃない？　そんなのはないんですよ。だから、ほんとに全然褒められもしなければ、売れもしなかった。こんな厚いのよ（笑）。でも、イタリアで訳されて[*33]えらい売れてるの。

平野　そうですか、『比叡』が。それで、『源氏』に十年がかりぐらいのお仕事として取り組まれて、先ほど仰ったように、わかりやすくということを一つは考えた。

＊33　イタリアで訳されて　『女徳』、『比叡』がイタリアで翻訳出版されている。二〇〇六年、イタリアの国際ノニーノ賞を受賞。イタリア人以外で活躍がめざましい文化人として贈呈された。

『女人源氏物語』全五巻
（小学館、一九八八・八九年／集英社文庫、八二年）

『比叡』
（新潮社、一九七九年／新潮文庫、八三年）

瀬戸内　だって天下の文豪たちで、もう三つも書いている。それ以上のものはできないでしょ。だけど難しい。円地さんの美しい文章でさえ、いまの人たちは読めないんです。だから私はとにかく、誰もが読める『源氏』を書こうと思ったの。それで努めて易しく書いた。それから原文の文章が長いでしょ。長いものはもつれますよね。だからそれを切ったんです。それで短くして、読みやすくしてやったんですね。

平野　敬語も、どれぐらいいまの日本語に訳すかというのは苦労されたのではないですか。敬語はそのまま訳されていますが。

瀬戸内　敬語も多すぎるから、面倒くさくてもう随分省きました。一つの言葉に三つぐらい敬語が付いてるの。ま、一つでけっこうですね。

平野　単純な質問ですが、瀬戸内さんは基本的に「です・ます」調で訳していますよね。与謝野晶子は「だ・である」で訳しています。それも最初、何回か試しに訳してみた部分というのがあるんですか。訳していくなかで文体が少しずつ変わっていって定まったのか、最初に訳し始めた文体でそのまま最後まで上手くいったのか。

瀬戸内　途中、何度も変わりましたね。ほんとは、あんなに長くかかると思わなくて、三年でできると思ったんですよね、『女人源氏物語』も書いてあるし。そしたらやっぱり六年半かかったんです。彼らを見たら、全部六年半かかっているの。

平野　でも六年半というのは面白いですね。少し中身についても伺いたいんですけど、瀬戸内さんは光源氏という人について……。

瀬戸内　光源氏、嫌い（笑）。私はハンサム好きだけど、あの女たらしは気持ち悪いわ、もう。誰にでもいいこと言って、ほんと、あれは女たらしの標本ですよね。だけど、あの人に「前からあなたを好きです」って言われたら、やっぱりぼーっとするじゃない。だって女たらしって全部そうですよ。心にもないこと言って、うっとりさせるの。

平野　最初から最後までずっと嫌いですか。それともどこかまでは好きだったけど、だんだん嫌になってくる感じですか。

瀬戸内　いや、私はだいたいあんなのは、あんまり好きじゃない。それより死んでいった人がいるじゃないですか、悪いことをしたために。

平野　柏木ですね。

瀬戸内　柏木、好き。かわいそうじゃない。

紫式部は何を書きたかったのか

平野　今回、作品をずっと読んできて、瀬戸内さんの文学史で言うと、まず愛の問題があって、自分ではどうしようもないような、コントロールできないようなものを抱えて生きる姿がある。それをある一人の人物から始めて、自分の問題にし、社会思想にまで深めた後、今度は歴史的にもう一回辿り直すのが『源氏物語』だったのではないかと思うんですね。フリーラブの実践を『源氏物語』では、実際に古典の世界でやっているのですから。

それで、あらためて瀬戸内さんの翻訳でずっと読んでくると、明石に行くぐらいまでは、光源氏のことを僕は好きなんですけど、帰って来ていよいよ六条院を増設して栄華を極めて、そのあと玉鬘に対する態度ぐらいのあたりから、やはり何か中年男の嫌な感じっていうのが出てきますね。若いときに読んだ印象では、あまり思わなかったんですけど。今回はそんな感想を持ちました。

瀬戸内　嫌な感じするね。でも平野さんはさ、ちょっと源氏の要素があるじゃない、女たらしのところ（笑）。

平野　ないです、全然そんなことないですけど（笑）。いや、だから紫式部自身が、だんだんどこかでうんざりしてきたんじゃないかなって気もして。藤原道長[*34]に言われてずっと書いてきて、光源氏を理想的な男として描いてきたけれども。

瀬戸内　紫式部にとって、道長はセックスを伴ったパトロンだからね。だから昔はそれを断ることができないでしょ。だけど日記には「道長がやってくると、自分はもうなかに入れなかった」とわざわざ書いてあるでしょ。でもそれができる社会じゃないんだから。だから三度目ぐらいには入れていますよ、絶対。

平野　『月の輪草子』という瀬戸内さんの小説のなかでは、そんな話が巧みに組み込まれています。まあ、だんだん紫式部の源氏の描き方にも、男というものの何とも言えない嫌な感じが出てきてしまう。男そのもの、ひいては浮世自体に対して嫌気がさしてくる感じが後半になるにしたがって見受けられます。だから、「宇治十帖」はやはり紫式部が書いたんだ、と瀬戸内さんは唱えられていますよね。

瀬戸内　もう絶対に紫式部が書いたものです。違うという説もありますけど、科学的に宇や文章を調べたら、やっぱりそれは紫式部のものだったという結果[*35]も出ているんですよ。

平野　僕も実はそう思っていたんです。というのは、もう「宇治十帖」ではほとんど源氏のなかにあった、そのいやらしい部分のパロディのように二人の人物が出てきています。

＊34　**藤原道長**　九六六 - 一〇二七年。平安時代中期の廷臣。藤原氏摂関政治の最盛期を築いた。紫式部、和泉式部などの女流作家を庇護。

＊35　**科学的に[…]という結果**　次の論文などを参照。小林雄一郎・小木曽智信「中古和文における個人文体とジャンル文体」『国立国語研究所論集』6（二〇一三年一一月）など。

『月の輪草子』
（講談社、二〇一二年／講談社文庫、一五年）

それは近代小説のように葛藤する登場人物たちですが、やはり『源氏』の後半の方からちょっと紫式部の筆に出てきている感じがしたんです。瀬戸内さんご自身は『源氏』について、これはある種の出家小説のようなものではないかと仰っていましたけど、その紫式部の、だんだんもう浮世に嫌気がさしてきている感じはたしかに出ていますね。

瀬戸内　紫式部も出家したと思いますね。清少納言も和泉式部も、出家したってことがちゃんと文献に残ってるの。ただ、彼女だけがないんですよね。だから終わりがよくわからないんだけど、私は出家したと思います。そして最後に書いたのが「宇治十帖」だと思う。

平野　光源氏は結局あまり好きじゃないという話をされましたが、女性の登場人物でいうと、瀬戸内さんが心情的に最も共感して訳されたのは誰ですか。

瀬戸内　少女の頃は私、優等生でしょう（笑）。だから明石が好きだったの、頭がいいから。

平野　明石、やはり僕も好きですね。

瀬戸内　だけど結局、明石は出家していないんです、最後まで。幸せになるのね。だからまあどうでもよくなった。そうすると、浮舟は非常に小説として面白いけれど、浮舟自身はあんまり好きじゃない。何かこう流されていくでしょ？

平野　浮舟、まさにそうですね。

瀬戸内　誰が好きかな。

平野　紫の上はどうですか。

瀬戸内　うーん、あんまりね。でも、まあ全部が面白いですね。出てくる女が皆、面白い。

平野　『源氏』でいうと終わり方はどう思われますか。あれだけの大長編の最後の終わり方として。

瀬戸内　それはいろいろ問題があって、ちょうどあの頃、紫式部が脳溢血で死んだんじゃないかという説もある。それも考えられるよ、もう書けなかったから。

でも、私はあれはちゃんと終わっていると思うんですよ。それは浮舟が教養もなくて、あの兄弟のなかで歌も作れないような人で、けれども女として魅力があるでしょ。それでいろんな思いをするけれども、最後に男が「全部許すから一緒に住もう」って言ってきたとき、断るでしょう。それで、ああ、これが書きたかったんだなと思ったの。それで彼女は出家しているんですよ。出家したってもう着るものもわからないから僧侶に全部借りる。だから、そんなことはわからなくてもいいんだ、もう出家するって決心することが、それで救われるんだと思いましたね。それが書きたかったのかなと。

それで男はだめね。「あの女にはちゃんと男が付いていて、かくまっているんだろう」なんて想像するの。あんな教養のある立派な人が、その程度しか考えられない。だから紫式部としては、やっぱり男はだめよって言いたかったんじゃないかな。

平野　瀬戸内さんは、人間としては紫式部よりも清少納言の方がずっと好ましいと思っていらっしゃる？

瀬戸内　清少納言の方がまだ付き合えますわね。紫式部は根性が恐ろしいもの（笑）。

平野　訳し始める前と後で、紫式部に対する考え方とか変わったところはありますか。

瀬戸内　うーん。

平野　『源氏』を訳し始めるとき、瀬戸内さんは評伝作家でもあるから、『源氏物語』という作品を訳すと同時に、紫式部という作家への見方があったと思うのですが。

瀬戸内　『源氏』を訳して、紫式部をより以上に尊敬しましたよ。だけど、お友だちにはしたくないわね。だいたい、もう小説家の友だちなんていらないのよ。ほんと皆ひどいですよ、いざとなったら（笑）。

平野　でも、大天才は大天才だと思われますよね、紫式部は。

瀬戸内　うんうん。

平野　清少納言よりも文学的才能は？

瀬戸内　いやそれはもう文学的才能は天才です、紫式部はね。清少納言は秀才に輪をかけたぐらいでしょ。だからもう文豪というのは紫式部ですね。それはすごいと思う。生まれつきよね。

平野　これは突然変異のような、すごい才能だと思いますね。瀬戸内さんは、『源氏』の翻訳を終えられてからいまに至るまでずっと、『髪』のように直接関係のあるような作品も書かれていますが、『源氏』をやったことで、その後の自分の文学作品に大きな影響があったといったことは、どうなんでしょうか。

瀬戸内　それはあんまりないのね。だって『源氏』は特別だと思っているから。私は紫式部ほどの天才じゃないから、普通だからね。もう比べられないです。

平野　瀬戸内さんも十分とんでもない作家だと思いますけど。

愛と革命、そして情熱

平野　瀬戸内さんの長い創作活動をざっと辿ってきたんですけども、普段、自分の作品を文庫化のゲラとか以外で読み返したりする機会はあるんでしょうか。

瀬戸内　あるの。平野さん、やってごらん。病気するでしょ。何かね、人の作品なんてちょっと読む気がしないときあるじゃないの、雨が降ったりしているときね。それで何かないかなというようなとき、自分の小説を読むの、まあそれが面白いの（笑）。それで新聞小説

『髪』
（新潮社、二〇〇〇年／新潮文庫、〇二年）

なんかもう自分では忘れているのね。「あら、これどうなるの、それからどうなるの」なんてね。それで終わりまで、ついつい読んでしまう。どうしてこんなものが書けたのかと思う。不思議。

平野　そうして時々振り返られるなかで、なかなかこれは難しい質問なんですが、小説家の瀬戸内晴美、そして瀬戸内寂聴として自分が書かれてきたことを振り返って、何を自分は書いてきたのかと考えたりしたことはありますか。

瀬戸内　何を書いてきたかって、やっぱり愛と情熱じゃないかしら。それに情熱がなければ愛はできないし、革命もできないでしょ。だから、革命家のことを全部書いたわけ。書きながらこっちが興奮するのは、やはり革命家が死んでもやる、その情熱ね。情熱はやっぱり素晴らしい。私はもう九十三歳ですけど、まだ情熱はある。だから、それは幸せだと思います。

平野　『源氏』の場合は愛と革命ということでは、革命がなくてやはりずうっとこの政治体制が続いていき、権勢だけが移り変わっていくなかに紫式部はいて、それが瀬戸内さんの『美は乱調にあり』をはじめとする革命が一つのテーマである文学とは違うところかなと思ったんですが。

瀬戸内　だって刀を抜くってことが、長い『源氏物語』でたった一度しかかないんです。それも源氏と頭中将がふざけて抜くの。それだけですね。だから人を殺してない。それはやっぱり、声を大にして言うべきじゃないかしら。

平野 最後に何か一言、ご自身の創作のこれまでについてでも、あるいはこれからについてでもコメントがあればぜひお願いいたします。

瀬戸内 私はこないだの病気[*36]で死に損ないましたから、なんで死に損なったかってこの頃よく考えるんだけど、もう死んだ方が楽と思っているんですよ。

それから明日、デモ[*37]があるでしょ。だから、やっぱり行ってください。こんなところでこんなものを聞きに来る人は、デモに行かないと思うのね（笑）。だけど面白いよ。

何か、こういう日本でいつまでも生きていてもしょうがないなって感じがしますね。だから、あなたなんかまだ若いから、これからしなきゃならないことがいっぱいある。もう私はできないですからね、体がきつい。だけどもこれはもう、ほんとに大変な時代が来たと思いますよ。このままじゃ死ねないって感じする。けれども死にます（笑）。

平野 と、仰りながら、これからも旺盛な活動をされていくと思いますが、今日は長時間にわたってお話を伺うことができて、ほんとにありがとうございました。

＊36 こないだの病気 二〇一四年五月に腰部を圧迫骨折で約一カ月入院。八月下旬に再入院した際に胆嚢がんが発見され、摘出手術を実施。その後活動を再開。

＊37 デモ 当時、国会で審議中だった安全保障関連法案に反対するデモ。

質疑応答1　今後に書きたいテーマ

――瀬戸内さんは非常に若い方との交流をいまでも積極的に続けられています。先ほど、最近の若い人はなかなか本を読まないからという話もあったのですが、いま、若い人に読んでもらいたいご自身の本であるとか、携帯小説も「ぱーぷる」という作家名で書いていますけど、どういった形で本に向き合って影響されてほしいか、という思いがあればお聞かせください。

瀬戸内　いまは文庫本がたくさん出ていて安いですね。若い人には、日本のものも読んでほしいけど、やっぱり外国の世界の名作と言われるものを一通り読んでほしいですね。それは教養なんていうものじゃなくて、もう常識。それを男も女も読まないと、ほんとの恋愛なんかできないと思います。

――もう一点。小説を書くのは快楽だと仰ってましたけど、いま書きたいテーマとか、今後の執筆予定の構想があればお聞かせください。

瀬戸内　もう、だって九十三歳で死に損なって、あと命がどれだけ持つかわかりませんから。まあ、命があれば一つだけ書きたいものがあるんです。それは「家族」ということについて書きたいんですよね。私は子どもを捨ててきましたから、それがちょっと解決したらいいかなと思っているけど、できるかできないかわからない。

――ご自身に関する家族についてということですか。

瀬戸内　私の家族じゃないんです。「家族」が変わったんです、最近。だから、私たちの時代の家族と、それからあなたたちがこれから作る家族ともう全然違うの。質も違うし形も違うんですよね。それからいま、子どもが自然に生まれないで卵子と精子をくっつけて生まれるのが多いでしょ。それがアメリカなんかでは普通なんですって。日本はまだそこまで行っていませんわね。だけど、アメリカにあることは日本も必ずそうなりますから。そうなったら家族ってちょっと変わってくるんじゃないかしら。それが何か気にかかるんです。もう私が死んだ後の状態だけど、どうなるのかなって気がします。

質疑応答2　最初の家を出たこと

――二十年ぐらい前までの本は全部読ませていただいてきました。それから自分が子育てとかに忙しくなってしまって、小説を読まなくなってしまっていたんです。でも、少し前に書店で作品を見かけまして手を取りました。ぱっと開けたときに、瀬戸内さんが若いときに駆け落ちをされたときの思い出が書かれてあって、私はそのエピソード自体は知っていたわけなんですけども、怖いと思ったんです。

それは瀬戸内さんが仏門に入られて、出家者として生きてこられた歳月も長くございます。それと、こう言って良いか悪いかわからないですけど、若いときの過ちということを、もう九十歳になられるのに引きずっておられるのかというところで、すごく怖いというか、不思議な感じがしたんです。ご自身にとっては、あの事件というのはいまだ書かなければならない何かなのでしょうか。

平野　つまり、瀬戸内さんが不倫して、最初の家を出られて随分と長いですけど、いまだにそれはやっぱり残っていますか。

瀬戸内　残ってる、残ってる。だって娘が生きてるんですよね。それから孫ができてるの。で、ひ孫もできてるの。やっぱり私が育てなくてもそこにいるでしょ。だけどね、子どもは育てなければ自分の子じゃありません。だからいまね、付き合っていますよ。私が育てたらこんなことは言わせないぞ、こんなことはさせないぞってことがあるのよね。でも、やっぱり向こうがおかしいんじゃなくて私が悪いの、私が育てなかったから。立場上、そんなこと言えないでしょう。何も後悔はしないのよ、男なんか何人いたって何も後悔しないの、ちゃんと尽くしていますからね。だけど、やっぱり子どもを育てなかったってことは最後に悔しさが残ります。

――それは、仏教のご修行では解決しなかった。

瀬戸内　私はそれで仏教に入ったわけじゃないけど、やっぱりごめんなさいって気持ちがありますよね。それから他にも、小説にあんな恥ずかしいこといっぱい書いていて、やっぱり相手にも悪いし、その相手の奥さんとか恋人がいるでしょ、その人たちも傷つけていますよね。それは誰でも人を傷つけて生きていくんだけど、小説なんて特にそうですから、私にはその罪の意識はあります。だから出家したってそれは許されるとは限らないけど、一応こんな姿になったからごめんねって気持ちがある。

（二〇一五年八月二九日、京都造形大学 人間館映像ホールにて収録）

*インタヴュー動画は、次のウェブサイトよりご覧いただけます（一部有料）。
［飯田橋文学会サイト］
http://iibungaku.com/news/3_1.php
［noteの飯田橋文学会サイト］
https://note.mu/iibungaku/n/nfc9f47c5fd34?creator_urlname=iibungaku

関連年譜

一九二二年（〇歳）　五月一五日、徳島県徳島市に生まれる。五歳年上の姉と二人姉妹。家業は神仏具商。

一九三五年（一三歳）　徳島県立徳島高等女学校に入学。

一九三九年（一七歳）　上京、渋谷道玄坂の予備校に通う。

一九四〇年（一八歳）　東京女子大学国語専攻部に入学。

一九四三年（二一歳）　徳島で結婚。夫は北京に単身赴任。東京女子大学、戦時繰上げ卒業。北京に渡る。

一九四四年（二二歳）　長女誕生。

一九四五年（二三歳）　終戦。

一九四六年（二四歳）　親子三人で徳島に引揚げ。祖父と母は徳島大空襲時に、防空壕で焼死したことを知る。

一九四七年（二五歳）　一家三人で上京。

一九四八年（二六歳）　出奔。京都の大翠書院に勤める。

一九四九年（二七歳）　大翠書院解散。京都大学医学部附属病院に勤務。同人雑誌『メルキュール』に加入。

一九五〇年（二八歳）　正式に協議離婚。三島由紀夫と文通を始める。父死去。『少女世界』に「青い花」

が掲載され、初めて原稿料を得る。

一九五一年（二九歳）　『ひまわり』に懸賞小説「岬の虹」を投稿、入選。上京し、少女小説や童話を『少女世界』『ひまわり』、講談社や小学館の児童雑誌に書く。

一九五五年（三三歳）　純文学処女作「痛い靴」を『文学者』に発表。

一九五六年（三四歳）　投稿した「女子大生・曲愛玲」が『新潮』に掲載される。

一九五七年（三五歳）　「女子大生・曲愛玲」で第三回新潮同人雑誌賞を受賞。「花芯」を『新潮』に発表。文学性を評価する声もあるなか、ポルノグラフィーだと酷評され、以後五年間、文芸雑誌に発表の場を与えられなかった。

一九五八年（三六歳）　『花芯』（三笠書房）を刊行。

一九六一年（三九歳）　『田村俊子』（文藝春秋新社）で第一回田村俊子賞を受賞。

一九六二年（四〇歳）　「夏の終り」を『新潮』に発表。

一九六三年（四一歳）　『夏の終り』（新潮社）で第二回女流文学賞を受賞。『女徳』（新潮社）。

一九六五年（四三歳）　「美は乱調にあり」を『文藝春秋』に連載。『かの子撩乱』（講談社）。

一九六六年（四四歳）　『美は乱調にあり』（文藝春秋新社）。

一九七三年（五一歳）　岩手県平泉町の中尊寺で得度。法名・寂聴（旧姓・晴美）。

一九七四年（五二歳）　京都・嵯峨野に寂庵を結ぶ。

一九七九年（五七歳）　書下ろしの『比叡』（新潮社）を刊行。

一九八一年（五九歳）　「諧調は偽りなり」を『文藝春秋』に連載（―八三年）。

一九八四年（六二歳）『諧調は偽りなり』（文藝春秋）。「女人源氏物語」を『本の窓』に連載（—八九年）。

一九八七年（六五歳）岩手県浄天台寺に晋山、住職に就任（—二〇〇五年）。

一九八八年（六六歳）『女人源氏物語』全五巻（小学館、—八九年）。

一九九一年（六九歳）『手毬』（新潮社）。

一九九二年（七〇歳）『花に問え』（中央公論社）で第二八回谷崎潤一郎賞を受賞。

一九九六年（七四歳）『白道』（講談社）で第四六回芸術選奨文部大臣賞を受賞。『源氏物語』全一〇巻（現代語訳、講談社）の刊行開始（—九八年）。

一九九七年（七五歳）文化功労者に選ばれる。

二〇〇〇年（七八歳）『髪』（新潮社）。

二〇〇一年（七九歳）『場所』（新潮社）により野間文芸賞を受賞。

二〇〇六年（八四歳）イタリアの国際ノニーノ賞を受賞。文化勲章を受賞。

二〇一一年（八九歳）三月、東日本大震災。『風景』（角川学芸出版）で泉鏡花文学賞受賞。

二〇一二年（九〇歳）『月の輪草子』（講談社）。

二〇一四年（九二歳）腰部の圧迫骨折と胆嚢がんで手術。『死に支度』（講談社）。

二〇一五年（九三歳）『わかれ』（新潮社）。九月、集団的自衛権を行使できるようにする安全保障関連法案が国会で可決・成立。

二〇一六年（九四歳）『求愛』（集英社）。

二〇一七年（九五歳）初句集『ひとり』（自費出版）。

著作目録

小説

『白い手袋の記憶』朋文社、一九五七年／中公文庫
『花芯』三笠書房、一九五八年／講談社文庫
『迷える女』小壺天書房、一九五九年
『恋愛学校』東方社、一九五九年／講談社文庫
『その終りから』浪速書房、一九六〇年
『田村俊子』文藝春秋新社、一九六一年／講談社文芸文庫
『夏の終り』新潮社、一九六三年／新潮文庫
『ブルーダイヤモンド』講談社、一九六三年／講談社文庫
『女徳』新潮社、一九六三年／新潮文庫
『女の海』圭文館、一九六四年／集英社文庫
『女箸』東方社、一九六四年
『妬心』新潮社、一九六四年／集英社文庫
『花野』文藝春秋、一九六四年／文春文庫
『女優』新潮社、一九六四年／文春文庫
『輪舞』講談社、一九六五年／講談社文庫
『かの子撩乱』講談社　一九六五年／講談社文庫

『妻たち』新潮社、一九六五年／新潮文庫
『美は乱調にあり』文藝春秋、一九六六年／岩波現代文庫
『誘惑者』講談社、一九六六年
『美少年』東方社、一九六六年
『愛にはじまる』中央公論社、一九六六年／中公文庫
『煩悩夢幻』新潮社、一九六六年
『朝な朝な』講談社、一九六六年／文春文庫
『燃えながら』講談社、一九六七年／講談社文庫
『死せる湖』文藝春秋、一九六七年／文春文庫
『黄金の鋲』新潮社、一九六七年／角川文庫
『鬼の栖』河出書房、一九六七年／角川文庫
『火の蛇』講談社、一九六七年
『情婦たち』新潮社、一九六八年
『夜の会話』文藝春秋、一九六八年／文春文庫
『彼女の夫たち』講談社、一九六八年／講談社文庫
『祇園女御』講談社、一九六八年／講談社文庫
『あなたにだけ』サンケイ新聞社出版局、一九六八年／文春文庫
『妻と女の間』毎日新聞社、一九六九年／新潮文庫
『情事の配当』講談社ロマン・ブックス、一九六九年

瀬戸内寂聴

『身がわりの夜』講談社ロマン・ブックス、一九六九年
『嫉妬やつれ』講談社ロマン・ブックス、一九六九年
『お蝶夫人』講談社、一九六九年／講談社文庫
『転落の歌』講談社ロマン・ブックス、一九六九年
『蘭を焼く』講談社、一九六九年／講談社文芸文庫
『不貞な貞女』講談社ロマン・ブックス、一九六九年
『奈落に踊る』文藝春秋、一九六九年
『遠い声』新潮社、一九七〇年／新潮文庫
『薔薇館』講談社、一九七一年／講談社文庫
『おだやかな部屋』河出書房新社、一九七一年／集英社文庫
『恋川』毎日新聞社、一九七一年／角川文庫
『ゆきてかえらぬ』文藝春秋、一九七一年／文春文庫
『純愛』講談社、一九七一年／講談社文庫
『輪環』文藝春秋、一九七一年／文春文庫
『みじかい旅』文藝春秋、一九七二年／文春文庫
『余白の春』中央公論社、一九七二年／中公文庫
『美女伝』講談社、一九七二年／集英社文庫
『京まんだら』講談社、一九七二年／講談社文庫
『中世炎上』朝日新聞社、一九七三年／新潮文庫

『いずこより』筑摩書房、一九七四年／新潮文庫
『吊橋のある駅』河出書房新社、一九七四年／集英社文庫
『終りの旅』平凡社、一九七四年
『色徳』新潮社、一九七四年／新潮文庫
『抱擁』文藝春秋、一九七四年／文春文庫
『戯曲　かの子撩乱』冬樹社、一九七五年
『蜜と毒』講談社ロマン・ブックス、一九七五年／講談社文庫
『幻花』河出書房新社、一九七六年／集英社文庫
『冬の樹』中央公論社、一九七六年／中公文庫
『祇園の男』文藝春秋、一九七八年／文春文庫
『まどう』新潮社、一九七八年／新潮文庫
『草宴』講談社、一九七八年／講談社文庫
『花火』作品社、一九七九年／新潮文庫
『比叡』新潮社、一九七九年／新潮文庫
『女たち』文春文庫、一九七九年／集英社文庫
『花情』文藝春秋、一九八〇年／文春文庫
『こころ』講談社、一九八〇年／講談社文庫
『小さい僧の物語』平凡社名作文庫、一九八〇年／集英社文庫
『幸福』講談社、一九八〇年／講談社文庫

瀬戸内寂聴

『寂庵浄福』文化出版局、一九八〇年／集英社文庫
『愛の時代』講談社、一九八二年／講談社文庫
『諧調は偽りなり』文藝春秋、一九八四年／岩波現代文庫
『ここ過ぎて　北原白秋と三人の妻』新潮社、一九八四年／新潮文庫
『青鞜』中央公論社、一九八四年／中公文庫
『私小説』集英社、一九八五年／集英社文庫
『ぱんたらい』福武書店、一九八五年／福武文庫
『花怨』講談社文庫、一九八五年
『風のない日々』新潮社、一九八六年／新潮文庫
『家族物語』講談社、一九八八年／講談社文庫
『女人源氏物語』全五巻小学館、一九八八―八九年／集英社文庫
『生死長夜』講談社、一九八九年／講談社文庫
『手毬』新潮社、一九九一年／新潮文庫
『花に問え』一遍中央公論社、一九九二年、谷崎潤一郎賞 のち文庫
『源氏物語』上・下講談社少年少女古典文学館、一九九二―九三年
『渇く』日本放送出版協会、一九九三年／講談社文庫
『草筏』中央公論社、一九九四年／中公文庫
『愛死』講談社、一九九四年／講談社文庫
『白道』講談社、一九九五年／講談社文庫

『つれなかりせばなかなかに――妻をめぐる文豪と詩人の恋の葛藤』中央公論社、一九九七年／中公文庫
『孤高の人』筑摩書房、一九九七年／ちくま文庫
『いよいよ華やぐ』新潮社、一九九九年／新潮文庫
『髪』新潮社、二〇〇〇年／新潮文庫
『場所』新潮社、二〇〇一年／新潮文庫
『釈迦』新潮社、二〇〇二年／新潮文庫
『藤壺』講談社、二〇〇四年／講談社文庫
『炎凍る――樋口一葉の恋』小学館文庫、二〇〇四年／岩波現代文庫
『秘花』新潮社、二〇〇七年／新潮文庫
『あしたの虹』毎日新聞社、二〇〇八年　※ぱーぷる名義
『風景』角川学芸出版、二〇一一年／角川文庫
『月の輪草子』講談社、二〇一二年／講談社文庫
『烈しい生と美しい死を』新潮社、二〇一二年／新潮文庫
『爛』新潮社、二〇一三年
『わかれ』新潮社、二〇一五年
『求愛』集英社、二〇一六年

翻訳

『現代語訳　とわずがたり　後深草院二条』河出書房新社、一九七三年／新潮文庫

コレット・ダウリング『パーフェクト・ウーマン』監訳、三笠書房、一九九〇年／『母と娘という関係』知的生きかた文庫
『源氏物語』現代語訳、全一〇巻、講談社、一九九七—九八年／講談社文庫

＊原則として単独著・訳を示す。編著、共著、対談などは割愛した。
＊評論、随筆、作品集などは含まない。
＊著作は、『書名』出版社、出版年／最新の文庫を示す。
＊『瀬戸内寂聴全集』（新潮社）、講談社文芸文庫などを参考にした。

（作成・編集部）

瀬戸内文学の全体像

インタヴューを終えて

瀬戸内寂聴さんとは、もう随分と長いおつきあいで、最初の対面は、一九九九年の年末のことだった。読売新聞の新春鼎談企画で、文化人類学者の青木保氏と三人で寂庵で話をした。

私は、前年に『日蝕』でデビューしたばかりの駆け出しの小説家だったが、瀬戸内さんは最初から私の作品を高く評価してくださり、その後、しばらく京都に住んでいたこともあって、よくお目にかかっては歓談し、美味しいものをたくさんご馳走になった。学生時代には、あまりにも縁遠かった祇園という場所に、初めて連れて行ってくださったのも、瀬戸内さんだった。

瀬戸内さんとの会話は、いつも多岐に亘っている。横尾忠則さんや美輪明宏さんといった共通の知人の話題もあれば、政治の話をすることもあり、最近あった由なしごとを面白おかしく喋ることもある。しかし、当たり前ではあるが、我々は文学者なので(!)、結局のところ、一番面白いのは文学の話である。

幸いにして、私は瀬戸内さんと文学の趣味の上で大いに共通点がある。良いと思うものをつくづく褒め、つまらないものを一緒になってくさすのは、何にも代え難い会話の楽しみである。

二人とも、谷崎潤一郎や三島由紀夫が好きで、夏目漱石より森鷗外の方が偉大だと思っている。しかし、私がただ、文学史上の遠い存在だと思っている谷崎や三島、或いは川端康成、小林秀雄、稲垣足穂、宇野千代、円地文子、……といった人たちと、瀬戸内さんは直接に交流していて、お目にかかる度に、私は彼らが一体、どんな人物だったのかを、随分と根掘り葉掘り尋ねた。

『奇縁まんだら』シリーズの愛読者は、ご承知のことと思うが、彼らにまつわる逸話は、どれも抜群に面白く、また彼らの面白かったところをこそ、決して忘れずに記憶していて、目の前にいるかのように生き生きと語られる瀬戸内さんの文学的「証言」は、雑談として聴くには、あまりにももったいない貴重なものである。

本書の冒頭にも書いたが、それらの「小説家の言葉」は、その「小説の言葉」ともまた違った、独特の豊かな魅力に富んでいる。笑うこともあれば、さすがと唸ることもあり、これまで愛読してきた作品に、また新しい光を投げかけてくれる。無論、それを語って聞かせる瀬戸内さんの言葉もまた然りである。「小説家の言葉」を映像・音声記録として残しておくという本企画のアイディアの源泉の一つは、こうした瀬戸内さんとの楽しい会話だった。

さて、瀬戸内さんとは当然、創作についても話をする。執筆の苦労話や編集者とのやりとりなど、これまた様々だが、個々の作品についても伺うことが多く、私は折に触れて、過去から現在にかけての瀬戸内文学について、思いつくがままに質問をしてきた。

しかし、創作活動の全体について、一つの流れとして伺うというのは、やはり何らかの〝改まった機会〟が必要である。冒頭で触れた鼎談のみならず、これまで紙媒体でも、テレビなどでも、瀬戸内さんとは何度か対談をしてきたが、いずれも、瀬戸内文学の全体像について伺う、というものではなかった。今回、幸いにしてそれが実現することとなったわけだが、期待通り、予習の段階から、実際に話を伺っている間、更にはその後と、私にとっては発見が多く、瀬戸内文学への理解も一層深まったように思う。

インタヴューは、二〇一五年八月二十九日に、京都造形芸術大学にて公開収録された。通常は、東京大学附属図書館、或いは福武ホールで行っているが、京都在住の瀬戸内さんの移動のご負担を考え、また関西の文学ファンのために、丁度当時、私が客員教授を務めていた同大学の「映像ホール」を会場として使用させていただいた。

瀬戸内さんの天台寺での法話というと、一万人もの人が全国各地から集まる、ロックバンドも顔負けの人気ぶりだが、今回は小説家瀬戸内寂聴の創作活動について、非常に近い距離でじっくり伺えるとあって、百名ほどの聴講者は募集は、あっという間に定員に達した。

膨大な著作の中から選んでくださったのが、初期から中期を経て最近に至るバランスの良い三作だったので、デビュー前から始めて、その創作史を辿ってゆく上では非常にスムーズだった。内容的にも、実体験や身近な人物に取材した初期作品から、女性と政治、文学という主題の中期の重厚な評伝、更には『源氏物語』の現代語訳に代表される古典への取り組みと、瀬戸内文学の発展が明瞭に看て取れ、長年の愛読者にとっても、これから読んでみようという初心者にとっても、良いパースペクティヴが得られたのではないかと思う。

もちろん、深刻な内容もあれば、ユーモアもふんだんにちりばめられていて、インタヴュアーを務めた私も心から楽しんだ。活字となったことで、改めてその価値が高まったように思うが、是非とも当日の雰囲気を動画でも楽しんでいただきたい。

最後になったが、当企画を快く引き受けてくださった瀬戸内さんに、改めてこの場でお礼を申し上げたい。ありがとうございました。

平野啓一郎 ✷

Hirano Keiichiro

プロフィールは巻末「編者紹介」を参照。

編者紹介

平野啓一郎

Hirano Keiichiro

✷

一九七五年、愛知県生まれ。京都大学法学部卒。大学在学中の九九年『日蝕』により芥川賞を受賞。二〇〇九年『決壊』で芸術選奨文部科学大臣新人賞、『ドーン』でBunkamuraドゥマゴ文学賞、一四年フランスの芸術文化勲章シュヴァリエ、一七年『マチネの終わりに』で渡辺淳一文学賞を受賞。小説に『一月物語』『葬送』『高瀬川』『あなたが、いなかった、あなた』『空白を満たしなさい』『透明な迷宮』など、随筆に『文明の憂鬱』『私とは何か——「個人」から「分人」へ』など、訳書にオスカー・ワイルド『サロメ』がある。

飯田橋文学会

Iidabashi Literary Club

✷

国内外で活躍する作家、翻訳者、文学研究者などが集い、古今東西の作品のみならず、お互いの書いたものについても意見を述べ合う場として、二〇一三年四月に発足。文学の楽しみをより多くの人と分かち合うとともに、新しい、開かれた文学の交流の場となることをめざす。現在約二十名のメンバーで構成。ウェブサイト iibungaku.com

インタビュー・シリーズ〈現代作家アーカイヴ〉主催　飯田橋文学会
UTCP（東京大学大学院総合文化研究科附属 共生のための国際哲学研究センター上廣共生哲学寄付研究部門）
東京大学附属図書館（新図書館計画 職員課題検討グループ）

映像制作・写真　株式会社サウンズグッドカンパニー
船山浩平・松野大祐

写真　川合穂波

書籍編集　一般財団法人 東京大学出版会
小暮 明

書籍編集協力　田中順子

ブックデザイン　アルビレオ

現代作家アーカイヴ1
自身の創作活動を語る

2017年10月31日　初　版

［検印廃止］

著　者　高橋源一郎　古井由吉　瀬戸内寂聴
編　者　平野啓一郎　飯田橋文学会

発行所　一般財団法人　東京大学出版会
代表者　吉見俊哉
153-0041 東京都目黒区駒場4-5-29
http://www.utp.or.jp/
電話　03-6407-1069　Fax 03-6407-1991
振替　00160-6-59964

組　版　有限会社プログレス
印刷所　株式会社ヒライ
製本所　牧製本印刷株式会社

ISBN 978-4-13-083067-6　Printed in Japan

現代作家アーカイヴ

自身の創作活動を語る

四六判・上製カバー装・縦組・平均256頁／各巻定価（本体2200＋税）

小説家、詩人、美術家は何を生み出してきたか？

創作の極意、転機となった出来事、これからの話——
自身が代表作を選び、それらを軸として創作活動の
歴史を振り返る。その作家の何をまず知るべきかを
掴むための格好のヒントにもなる。
貴重なインタヴュー集、かつ良質なブックガイド。

インタヴューの動画配信　iibungaku.com

1　平野啓一郎　飯田橋文学会［編］

高橋源一郎　聞き手　武田将明
古井由吉　聞き手　阿部公彦
瀬戸内寂聴　聞き手　平野啓一郎

2　（続巻）
武田将明　飯田橋文学会［編］

谷川俊太郎　聞き手　ロバート・キャンベル
横尾忠則　聞き手　平野啓一郎
石牟礼道子　聞き手　田口卓臣
筒井康隆　聞き手　都甲幸治

2　（続巻）
阿部公彦　飯田橋文学会［編］

島田雅彦　聞き手　阿部賢一
林 京子　聞き手　関口涼子・平野啓一郎
黒井千次　聞き手　阿部公彦